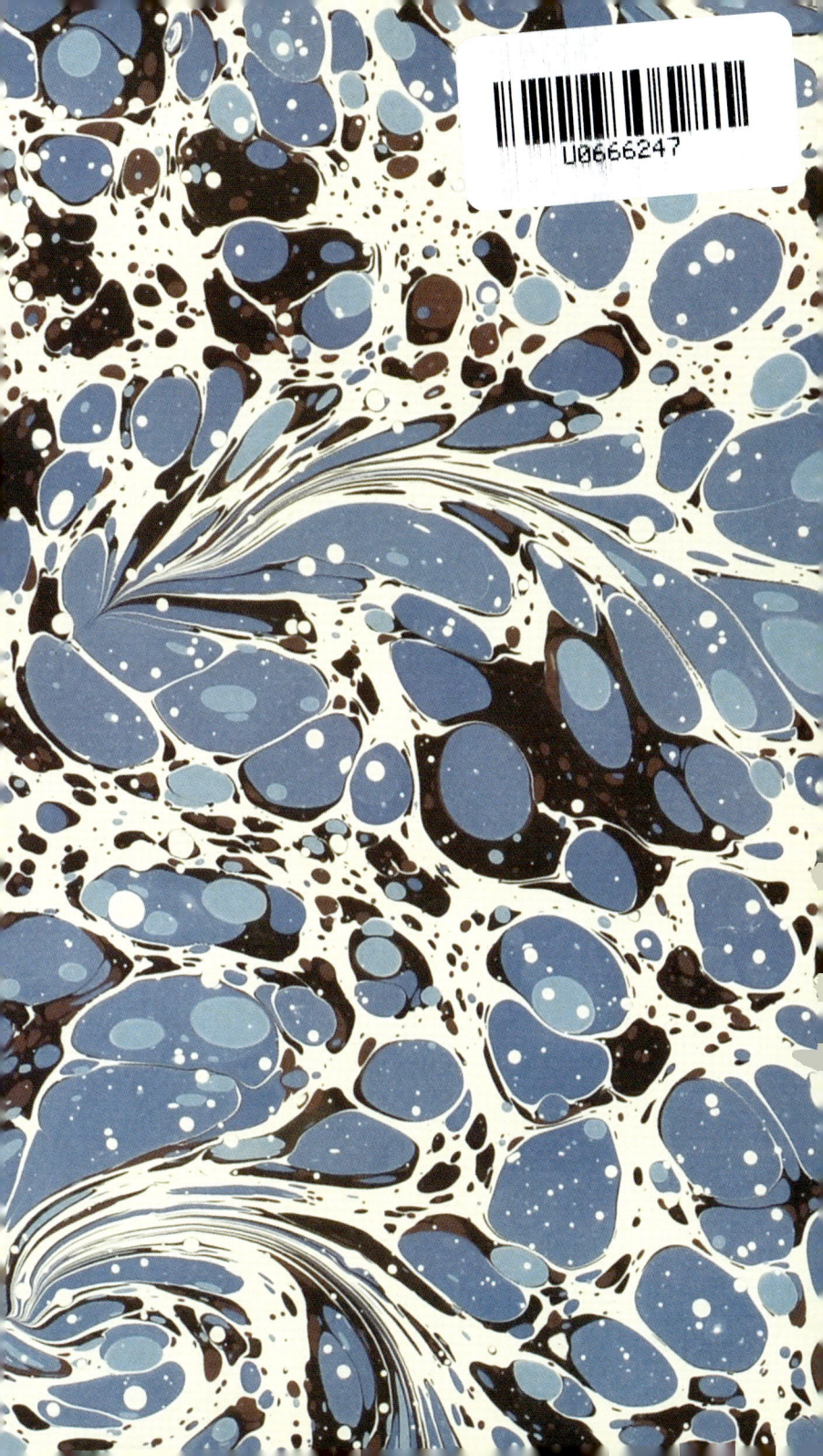

LE CRIME DE SYLVESTRE BONNARD

# 波纳尔之罪

LE CRIME DE SYLVESTRE BONNARD

# 波纳尔之罪

〔法〕阿纳托尔·法朗士　著

〔法〕费尔南德·西梅翁　绘

郝　运　译

上海财经大学出版社
SHANGHAI UNIVERSITY OF FINANCE & ECONOMICS PRESS

图书在版编目 (CIP) 数据

波纳尔之罪 / ( 法 ) 阿纳托尔·法朗士著 ; 郝运译 .
上海：上海财经大学出版社 , 2024. 11. -- ( 草鹭经典文
库 ). -- ISBN 978-7-5642-4487-3

Ⅰ. I565.45

中国国家版本馆 CIP 数据核字第 2024BF4580 号

草鹭经典文库·外国文化书系

□ 策　划　草鹭文化 × 悦悦图书
□ 主　编　王　强
□ 责任编辑　廖沛昕
□ 特约编辑　张天韵
□ 封面设计　草鹭设计工作室

# 波纳尔之罪

[法] 阿纳托尔·法朗士　著
[法] 费尔南德·西梅翁　绘
郝　运　译

上海财经大学出版社出版发行
( 上海市中山北一路 369 号　邮编 200083)
网　　址：http: // www.sufep.com
电子邮箱：webmaster @ sufep.com
全国新华书店经销
南京爱德印刷有限公司印刷装订
2024 年 11 月第 1 版　2024 年 11 月第 1 次印刷

889mm × 1194mm　1/32　7 印张　168 千字
定价：85.00 元

# 总　序

"经典是那些永远占据着你的书架却又永远翻读不完的书。"

唯历经时间一轮轮严酷的甄别，唯历经读者一代代苛刻的选择，优胜劣汰，真正的文字方能登上那称之为"名著"或"经典"的人类思想的峰巅。

钱锺书谓名著之特质端在于其"可读性"与"可再读性"。前者提供的"无穷趣味"、后者呈现的"难及深度"遂使得"名著"跨越时空的鸿沟、跨越人种的藩篱，如不竭的生命之泉滋养着不同文化中血肉之躯的人的存在。

基于此，"草鹭经典系列"志在为真正读者打造一个由"文字的趣味""审美的品格""思想的深度"为主色所构成的不朽的文字世界。

草鹭文化出品的"草鹭经典系列"图书，搜求中外经典名著，精择一流的版本、插图，以精美的装帧、设计完成"经典的再造"，满足读者阅读与收藏的多重需求，把一道靓丽与涵养兼具的文字风景带给他 / 她们的书架，带给他 / 她们的书房。

草鹭该系列的策划与推出，得到了业界顶级专家、学者的大力支持，许多著名的策划人、出版人、翻译家、收藏家纷纷加入进来，分别参与策划、翻译、校订等工作；在设计、制作诸环节，草鹭一流的设计师、手工师亦匠心独运，贡献出一部部令人惊艳的作品。仰赖于这些优秀书人、艺术家、匠人之间的通力协作、苦研精制、严格把关，草鹭必将打造出整个"经典系列"所独具的高品味、高质量、高价值。

"草鹭经典系列"依据装帧之丰简，分为"珍藏版"和"文库版"两个子系列。

"珍藏版"系列自 2019 年启动以来，已陆续推出《傲慢与偏见》《呼啸山庄》《伊索寓言》《波纳尔之罪》《伊利亚随笔》《爱丽丝漫游奇境》《格林童话全集》《红楼梦》《神曲》等二十余种精品图书。"珍藏版"的特色，主要体现在限量印制、唯一编号；注重传承，选用名家译本或藏本；收录名家高清插图，不少均为国内首次出版；封面选用进口漆布、山羊皮等特殊材质，以 UV 印刷、多层烫印等工艺呈现；内文选用脱酸纸；配备内裱绒布书匣或书盒，呵护入藏的爱书。该系列是"收藏级"的精美作品，一经面世，就受到很多书友的喜爱和入藏。

"文库版"系列是草鹭基于"珍藏版"的实践经验，面向更广泛的读者群体推出的图书品种。"草鹭经典文库"致力于打造中外经典著作的简装书，以简装但不简单的小精装，将阅读装点成一件随手可触的赏心乐事。

"草鹭经典文库·外国文化书系"依旧立足于传统，计划在十年内出版上百种中外经典著作，包括童话、随笔、游记、小说、自传、诗歌等内容，荟萃英、德、法、意等国家的经典作品；而在书籍装帧艺术方面，该系列会延续鲜明的"草鹭风格"，封面材质拟选用特种艺术纸，与烫金烫印工艺、UV印刷等现代工艺相结合，将厚重的经典与形式的精巧熔于一炉，让读者在阅读中感受到文字之美，感受到装帧之美。

"草鹭经典文库·外国文化书系"主编　王强

# 目　录

# 上　卷

---

## 劈　柴

1861 年 12 月 24 日

我已经换上拖鞋和长睡衣，擦了擦被沿河街上的寒风吹得泪水模糊的眼睛。书房的壁炉里烧着明亮的火。玻璃窗上结着一层霜花，形状像蕨类植物的叶子，遮得外面的塞纳河、河上的桥和瓦罗亚王朝<sup>①</sup>的卢浮宫<sup>②</sup>都看不见了。

我把我的扶手椅和我的轻便桌挪近壁炉，在炉火旁边占据了承蒙哈米尔卡<sup>③</sup>照顾，给我留出的位子。哈米尔卡盘着身子，鼻子藏在两只爪子中间，睡在柴架前面的一个羽毛垫子上，浓密轻柔的毛皮随着平稳的呼吸一起一伏。在我走近时，它用它那玛瑙般的眼珠子慢慢地瞅了瞅，几乎立刻又把半开的眼皮合上，想道："没什么，是我的朋友。"

"哈米尔卡！"我伸出两条腿，对它说，"哈米尔卡，打盹儿的书城之王，深夜的守卫者！你保护着老学者靠微薄的积蓄和不倦的热忱获得的那些手写本和书籍，不让它们受卑劣的啮齿目动物伤害。在你以你军人的英勇精神所保护的这间寂静的藏书室里，哈米尔卡，就像苏丹后妃那样懒洋洋地睡吧！因为在你身上同时具备鞑靼战士的令人生畏的外貌和东方女人的慵懒体态。英勇而又淫逸的哈米尔卡，你就一边睡，一边等待老鼠在月光下来到博学的博朗<sup>④</sup>派的 Acta

---

① 瓦罗亚王朝：法国王朝（1328—1589）。因创建者腓力六世的封地瓦罗亚得名。王朝后期发生胡格诺战争，亨利三世被刺死，为波旁王朝所取代。
② 卢浮宫：法国巴黎王宫，建于十三世纪，十四世纪瓦罗亚王朝查理五世时成为正式王宫，十八世纪末资产阶级大革命后，改为美术陈列馆。
③ 哈米尔卡：迦太基统帅名。第一次布匿战争期间（前 264—前 241），曾率海军与罗马交战于南意大利和西西里一带。此处用为猫的名字。
④ 博朗（1596—1665）：比利时安特卫普的耶稣会士，负责出版 Acta sanctorum。后来称一些继续完成此项工作的修士为博朗派。

sanctorum[1] 前面跳舞时刻的来临吧。"

这番话一开始哈米尔卡听了还挺中意，它发出像壶里的水烧开了的那种喉音来配合。但是我的声音渐渐升高以后，哈米尔卡就垂下耳朵，皱起额头上有斑纹的毛皮，通知我像这样大发议论是不妥当的。它想："这个钻故纸堆的人，他说起来跟什么也没有说一样，完全不像我们的女管家，从她嘴里讲出来的话，句句都充满意义，包含的内容不是开饭的通知，就是打屁股的保证。别人懂得她说的是什么。可是这个老头儿把一些毫无意义的声音拼凑在一起。"

哈米尔卡这样想。我让它去想它的，我打开一本书，津津有味地看起来，因为这是一份手写本的目录。我不知道是否还有比阅读目录更容易、更迷人、更愉快的了。我读的这份目录是托马斯·罗利爵士的图书管理员汤普森先生在 1824 年编写的，过于简略，确实是它的缺点，它缺乏我这一代古文献保管员最先引入到古文献学和古文字学著作中的那种准确性。它留下不够完善和让人猜测的地方。也许正是由于这个缘故，我在读它时，沉湎在换上一个天性比我更富有想象力的人，应该称之为幻想的状态中。我正平静地听凭自己随着思想的波涛漂浮，忽然间我的女管家用不高兴的口气向我通报科科兹先生求见。

有一个人确实跟在她后面悄悄走进藏书室。这是一个满脸病容、穿着一件单薄上衣、可怜巴巴的身材矮小的人。他一边频频地点头微笑，一边朝我走来。不过他脸色十分苍白，虽然年纪还轻，身体还很灵活，但是看上去好像有病。我看到他，不由得想到一只受伤的松鼠。他挟着一个绿包袱，他把它放在椅子上，解开包袱皮以后，露出

---

① 拉丁文：意思是《圣人传》。这部传记中人物按照日期排列。到本书写作时期已完成到十月份。

一叠黄颜色的小书。

"先生，"他对我说，"我没有被您认识的荣幸。我是一个图书经纪人，先生。我替首都各大书店兜售书籍。我期望能荣幸地获得您的信任，我不揣冒昧地向您提供几种新出版的书。"

仁慈的老天！公正的老天！这个矮子科科兹提供给我的是些什么样的新书啊！他送到我手上的第一本是《奈勒塔的历史》①，其中有玛格丽特·德·勃艮第②和比里丹船长的恋爱事件。

"这是一本历史方面的书，"他笑容可掬地对我说，"一本真实历史的书。"

"如果是这样的话，"我回答，"它一定很沉闷。因为不说假话的历史书都是十分乏味的。我自己也写过一些真实的书，如果您不巧挨门挨户推荐的正是这些书中的一种，很可能您这一辈子都得把它留在您的绿包袱里，永远找不到一个厨娘会蠢到向您买这本书。"

"当然，先生。"这个身材矮小的人纯粹为了讨好才这样回答我。

他一边微笑，一边递给我《爱洛伊丝和阿贝拉尔的恋爱》③，但是我向他说明，在我这个年纪，我完全不需要一本爱情故事。

他仍然微笑着，向我推荐《社交游戏规则》：皮克、贝色格、埃嘉尔特、惠斯特④、骰子、国际跳棋、国际象棋。

---

① 《奈勒塔的历史》：这是一部未具名的作品。其中除玛格丽特和比里丹的爱情以外，还描写了奥尔良公爵遭暗杀以及圣巴托罗缪惨案等。奈勒塔原系巴黎西边的一个古城墙塔楼。
② 玛格丽特·德·勃艮第（1290—1315）：法国国王路易十世的妻子。1314年被丈夫离弃，后被勒死。
③ 《爱洛伊丝和阿贝拉尔的恋爱》：十八世纪出版，作者阿吕依未署名。爱洛伊丝（1101—1164）是巴黎议事司铎菲尔贝尔的侄女。巴黎圣母院的议事司铎阿贝拉尔（1079—1142）是她的家庭教师，两人相爱，生了一个私生子。阿贝拉尔遭到阉割后，两人都进入修道院。
④ 皮克、贝色格、埃嘉尔特、惠斯特等都是扑克牌游戏的名称。

"唉！"我对他说，"如果您想使我回想起贝色格的规则，那就请您把我的老朋友比尼昂还给我，在五个科学院隆重地把他送往公墓以前，我每天晚上都和他打牌。再不然，就请您把您看见睡在这个垫子上的哈米尔卡的严肃的头脑降低到人类游戏的轻浮无聊的水平，因为它如今是陪我度过夜晚的唯一伙伴了。"

这个身材矮小的人的微笑变得模模糊糊，慌张不安了。

"瞧，"他对我说，"这是新编的一本社交娱乐、笑话和文字游戏的集子，其中还有把一朵红玫瑰花变成白玫瑰花的方法。"

我对他说，我跟玫瑰花早已经闹翻了，至于笑话，我在我的科研工作的过程中不自觉地闹出的那些笑话，对我说来已经足够了。

矮子挂着最后的笑容向我推荐最后一本书。他对我说：

"这是《圆梦大全》，凡是人所能做的梦都有解释：梦见金子，梦见盗贼，梦见死亡，梦见从塔上掉下来……应有尽有！"

我抓起火钳，一边怒气冲冲地摇着，一边回答我这个商业推销员：

"是的，我的朋友，但是这些梦，还有其他无数快乐的和悲惨的梦，可以归结为一个梦：人生的梦，您这本黄色的小书能给我这个梦的解答吗？"

"是的，先生，"矮子回答我，"这本书很全，而且价钱不贵：一法郎二十五生丁①，先生。"

我不再跟这个书贩子谈下去了。上面记下的那些话是不是我说的原话，我不敢肯定。也许在用笔记下来时，我多少有点儿把它们夸张了。即使是记日记，也很难保持一字不差的真实性。不过，如果说这

———————————

① 生丁：法国辅币，一百生丁合一法郎。

不是我的原话，至少也是我的思想。

我喊我的女管家，因为在我的住所里没有叫人铃。

"泰雷丝，"我说，"请您把科科兹先生送出去，他有一本您可能感兴趣的书，就是《圆梦大全》。能把它送给您，我将感到高兴。"

我的女管家回答我：

"先生，一个人醒着没有时间做梦，睡着以后更没有时间做梦了，感谢天主！我的白天时间恰好够干我的活儿，我的活儿恰好够我白天时间干的，我每天晚上可以说：'主啊，请保佑我好好休息吧！'我不论站着还是躺下都不做梦，我也不会像我那个表妹，把我的鸭绒压脚被当成魔鬼。如果您允许我发表我的意见，我要说我们这儿的书已经够多的了。先生有成千上万本书，看得先生头昏脑涨，我呢，我有两本，我的祈祷书和我的《家常菜谱》，就足够了。"

我的女管家一边这样说着，一边帮助身材矮小的人把他的那些货物重新用绿包袱皮包好。

矮子科科兹不再微笑了。他那肌肉松弛的脸上露出了痛苦的表情，我不由得感到后悔，不该嘲笑一个如此不幸的人。我把他叫回来，告诉他我眼角瞅见了他有一本《埃斯苔尔和内莫兰的故事》①，我非常喜欢牧羊人和牧羊女，我很乐意以公道的价格买下这一对完美情人的故事。

"我一法郎二十五生丁卖给您这书，先生，"科科兹回答我，他的脸上露出喜悦的神色。"它写得有根有据，您一定会满意。我现在知道什么对您合适了。我看出您是一个行家。我明天给您送《教皇的

---

① 《埃斯苔尔和内莫兰的故事》：法国作家弗洛里昂（1755—1794）的田园小说。描写了年轻的牧羊姑娘埃斯苔尔和牧羊人内莫兰经历许多波折获得美满结局的爱情故事。

罪行》<sup>①</sup>来。这是一本好作品。我给您送专供爱好者收藏的版本，有彩色插图。"

我请他不必费事，然后把他高高兴兴地打发走了。等到绿包袱和书贩子一起在阴暗的过道里消失以后，我问我的女管家，这个身材矮小的可怜人是从哪儿掉下来的。

"'掉下来'这三个字用得真是再恰当没有了，"她回答我，"他是从顶楼上掉下来的，先生，他和他的妻子住在顶楼。"

"您说他有妻子，泰雷丝？真是不可思议！女人是非常奇怪的人。这一定是一个身材矮小的可怜女人。"

"我不太清楚她是怎么样一个人，"泰雷丝回答我，"不过每天早上我看见她在楼梯上拖着沾满油迹的绸连衫裙上上下下。一双闪闪发亮的眼睛东张西望。说句公道话，难道这种眼神和这种连衫裙适合一个别人出于善心收留的女人吗？因为别人考虑到丈夫生病，妻子又有身孕，在修房顶期间，就让他们住在顶楼。看门女人甚至说，今天早上她感到阵痛，这时候躺在床上。他们一定是很想有一个孩子吧？"

"泰雷丝，"我回答，"他们肯定完全没有这个需要。但是大自然要他们生一个；大自然使他们落入它的陷阱里。必须有堪为典范的谨慎心才能挫败大自然的诡计。让我们同情他们，而不要责备他们！至于绸连衫裙，没有一个年轻女人不喜欢它，夏娃<sup>②</sup>的女儿们喜爱打扮。就拿您自己来说吧，泰雷丝，您庄重、明智，可是当您伺候别人吃饭时，如果缺少一条白围裙，您会发出怎样的叫喊啊！不过，请您告诉我，他们的顶楼里有生活必需品吗？"

---

① 《教皇的罪行》：全名应为《教皇及宗教裁判所的罪行》，1832 年由法国戈蒂埃书店出版。反教权主义与恐怖文学结合在一起，至今仍受部分读者欢迎。
② 夏娃：《圣经》故事中人类始祖亚当之妻。

"他们怎么会有呢，先生？您刚才看见的那个做丈夫的，看门女人告诉我，他过去做首饰掮客，谁也不知道他为什么不再卖表了。他现在卖历书。这不是一个正派行当，我再怎么也不能相信天主会保佑一个卖历书的贩子。女的呢，只在我们之间说说，我觉着她完全像一个一无所长的人，一个骚娘儿们。我看她带孩子的本领跟我弹吉他的本领差不离。谁也不知道他们是从哪儿来的，不过，我可以肯定，他们是搭贫困号马车从无忧国来的。"

"不论他们是从哪儿来的，泰雷丝，他们是不幸的人，他们的顶楼很冷。"

"那可不！屋顶有好几处裂开，雨水滴滴答答往下漏。他们没有家具，也没有床单。木匠和织布工人，我想，他们不是为这一派的基督教徒干活儿的！"

"这真糟糕，泰雷丝，一个女基督教徒在生活上居然比这个异教徒哈米尔卡更没有保障。她说什么？"

"先生，我从来不跟这种人说话。我不知道她说什么，也不知道她唱什么。不过她整天都在唱。我进进出出都听见从楼梯上传来她的歌声。"

"好吧！科科兹的继承人将来可以像乡间谜语里的那个鸡蛋一样说，'我妈唱着歌把我养下来。'这种事亨利四世也遇到过。让娜·德·阿尔布雷[①]觉着阵痛时，开始唱一首古老的贝亚恩的感恩歌：

　　桥头的圣母啊，

---

① 　让娜·德·阿尔布雷（1528—1562）：1550年继父位为纳瓦拉国王，她是法国国王亨利四世的母亲。纳瓦拉王国的所在地即贝亚恩。传说是她的父亲亨利·德·纳瓦拉要求她在临产时唱歌，为的是使孩子将来不爱哭，不发愁。

快来帮助帮助我！

请您向天主祷告，

求他快快解救我，

求他赐我一个男孩！

把不幸的人生下来显然是不合理的。但是这种事，我可怜的泰雷丝，每天都在发生，世界上所有的哲学家都无法改革这种愚蠢的习俗。科科兹太太也遵守这个习俗，而且她唱歌。这真是好极了！不过，请告诉我，泰雷丝，您今天没有炖蔬菜牛肉浓汤吗？"

"炖了，先生，我甚至得赶快去撇沫子了。"

"很好！不过别忘了，泰雷丝，从锅里盛一大碗肉汤，端给我们高高在上的女邻居科科兹太太。"

我的女管家正要退出去，我又及时地补充说：

"泰雷丝，首先请您把您的朋友，那个跑腿的叫来，告诉他从我们的柴堆里取一捆木柴送到科科兹夫妇的顶楼上去。特别是让他别忘了在他这捆柴里放进一块特大的劈柴，一块真正的圣诞柴。至于那矮子，如果他再来，请您客客气气地把他连同他所有那些黄颜色的书给我拦在门外。"

我怀着一个老单身汉才有的那种极端的自私心理，做完这些仔细的安排以后，重新又开始阅读我的目录。

在目录上看到下面这段按语时，我有多么惊奇，多么激动，多么不安啊，甚至现在抄录时，手还不免要发抖呢：

"雅克·德·热那亚（雅克·德·沃拉吉纳①）的《黄金的圣徒传》，法文译本，小四开。

"这部十四世纪的手写本，除了雅克·德·沃拉吉纳的著名作品的相当完全的译文以外，还包括：1. 圣费雷奥尔、圣费吕雄、圣热尔曼、圣万森和圣德罗克多维的传记②；2. 一首叙述圣热尔曼·德·奥塞尔③先生的神奇葬礼的诗。这部译著、这些传记和这首诗，都应该归功于教士让·图穆叶。

"手写本用的是犊皮纸，有大量花体字母和两幅画得非常精致，但是保存得不好的细密画，一幅画的是圣母行洁净

---

① 雅克·德·沃拉吉纳（约1228—1298）：意大利圣多明我会修士，热那亚大主教。《黄金的圣徒传》的著者。《黄金的圣徒传》是中世纪最著名的圣徒传记。
② 以上这些圣徒的生平事迹，因九世纪诺曼人的入侵，与他们有关的文献散失而无从详细查考。圣费吕雄生活于八世纪；圣费雷奥尔可能是六世纪里摩日主教，也可能是同一世纪于宰尔主教。圣热尔曼（496—576），巴黎主教，圣万森修道院（后改名为圣热尔曼·德·普莱修道院）的创建人。圣德罗克多维是圣万森修道院的首任院长。圣万森（？—304）西班牙萨拉戈萨副祭，遭迫害而死。
③ 圣热尔曼·德·奥塞尔（378—448）：法国奥塞尔主教。

礼①，另一幅画的是普罗赛比纳②的加冕。"

何等意外的发现啊！我的额头上冒汗，我的眼睛模糊不清。我浑身发抖，脸发红，再也不能说话，感到有了大喊一声的需要。

何等珍贵的宝藏啊！我研究基督教高卢③，特别是研究这座光荣的圣热尔曼·德·普莱修道院④有四十年之久。建立我们民族的王朝的那些国王-僧侣就是从这座修道院里出来的。尽管这段说明不完备到了应该受到谴责的地步，但是对我说来，这部手写本很明显地出自这座伟大的修道院。一切都在向我证明这一点。译者添加的那些传说全都和希德贝尔国王虔诚地建立修道院有关。圣德罗克多维的传说特别有意义，因为这是我心爱的修道院的第一任院长的传说。关于圣热尔曼的葬礼的那首法文诗把我领进可敬的大教堂的中殿，那儿是基督教高卢的脐部。

《黄金的圣徒传》本身就是一部庞大的、优美的著作。雅克·德·沃拉吉纳，圣多明我会⑤的参议，热那亚的大主教，在十三世纪收集有关天主教圣徒的许多传记。编成内容如此丰富的一个集子，以至当时那些寺院和城堡里的人都脱口而出地嚷道："这真是黄金的传记！"

---

① 圣母行洁净礼：圣母马利亚在生育耶稣满了洁净期后，带婴儿耶稣进圣殿，为自己行洁净礼，并将头生子献给天主。故事见《圣经·新约·路加福音》第二章。
② 普罗赛比纳：罗马神话中的冥后，即希腊神话中的普西芬尼。
③ 高卢：古地名，分两大部分，一、山南或内高卢，即意大利北部阿尔卑斯山以南，卢比孔河以北的地区。二、山北或外高卢，即阿尔卑斯山以北的广大地区，包括今法国、比利时、卢森堡及荷兰、瑞士的一部分。此处指后者。
④ 圣热尔曼·德·普莱修道院：法国最古老的修道院之一。传说巴黎主教圣热尔曼曾为法国国王希德贝尔（约459—558）治愈不治之症。希德贝尔出于感谢，为他建造修道院，修道院中收藏他从西班牙带回的圣万森的襟带，修道院取名为圣万森修道院，后改名为圣热尔曼·德·普莱修道院，位于巴黎市中心，塞纳河岸边。修道院现只剩下教堂。
⑤ 圣多明我会：一译"多米尼克派"。天主教托钵修会之一。1215年由西班牙人多明我创立于法国图卢兹。标榜提倡学术，传播经院哲学，欧洲许多大学里都有该会修士任教。

《黄金的圣徒传》特别多的是意大利圣徒的传记。高卢、德国、英国占的篇幅很少。沃拉吉纳只能隔着一片冰冷的轻雾看到西欧那些最伟大的圣徒。因此这位卓越的传记作者的那些阿坤廷<sup>①</sup>、日耳曼和撒克逊译者，都想把他们自己民族的圣徒们的传记添加到他的记叙中去。

我曾经看过，也收藏过不少《黄金的圣徒传》的手写本。我的博学的同行保兰·帕里斯<sup>②</sup>先生在他为王室图书馆编写的那份精彩的目录里论述的那些手写本，我都看过。其中有两种特别引起我的注意。一种是十四世纪让·贝莱的译文；另一种晚一个世纪，由雅克·维涅翻译。这两种手抄本原来都是科尔贝尔<sup>③</sup>的藏书，在图书管理人巴吕斯<sup>④</sup>细心照料下，曾安放在辉煌的科尔贝尔藏书室的书架上。我每次提到巴吕斯的名字，都不能不脱掉我的便帽表示敬意，因为在充满学识渊博的巨人的世纪里，巴吕斯以他的伟大使人感到惊讶。我见过比戈<sup>⑤</sup>藏书里的一种很珍奇的抄本。我见过七十四种印刷的版本，其中有可以说是老祖宗的最古老版本，斯特拉斯堡<sup>⑥</sup>的哥特字体版本，从1471年开始印到1475年方才印毕。但是不论这些手写本，还是这些印刷版本，没有一种收了圣费雷奥尔、圣费吕雄、圣热尔曼、圣万森和圣德罗克多维的传记，没有一种载有让·图穆叶的名字，总之没有一种是出自圣热尔曼·德·普莱修道院。它们和汤普森先生描述的那

---

种手写本相比，全都如同是稻草和黄金相比。我不仅亲眼看到，而且亲手摸到证明这个文献存在的不容置疑的证据。但是这个文献本身，下落如何呢？托玛斯·罗利爵士后来到科摩湖①边度过了他的余生，他曾经把他的一部分珍贵的宝藏带到那儿。在这个高雅的收藏家去世以后，它们到哪儿去了？让·图穆叶的手写本又到哪里去了呢？

"为什么，"我对自己说，"为什么我知道有这珍贵的书存在呢，如果我永远不能占有它，永远不能看见它？如果我知道它在非洲的炎热中心，或者是冰封的北极，我也要去寻找它。但是我不知道它在哪儿。我不知道它是不是被一个猜疑心重的有藏书癖的人加了三道锁，锁在一口铁柜子里；我不知道它是不是在一个无知的人的顶楼上发霉。我一想到它的纸页也许被撕下来盖在哪个主妇的腌黄瓜罐的罐口上，就不寒而栗。"


1862 年 8 月 30 日

天气闷热，我放慢了步子，贴着墙，在北岸的沿河街上走着。暖烘烘的阴影里的那些卖旧书、版画和古老家具的店铺吸引着我的眼睛，打动了我的心。我选购旧书，随意闲逛，顺便欣赏欣赏一位七星诗社②诗人的几句声调铿锵的诗，看看华托③画的一幅优雅的假面舞会的画。我用目光抚扪一把用双手握住的剑、一个钢护喉甲、一个高

---

① 科摩湖：意大利北部邻近瑞士边境的湖泊。
② 七星诗社：文艺复兴时期法国诗歌的一个流派。十六世纪由龙沙、杜·倍雷、左台尔、狄亚尔、巴依夫、贝罗和多拉七位诗人组成。诗社发扬人文主义思想，推动了法国民族诗歌的发展。
③ 华托（1684—1721）：法国画家。主要题材有宫廷节日、化装舞会、公园场景等。

顶盔。天哪，多么厚的盔，多么重的甲！巨人的装束吗？不是，是昆虫的甲壳。那时候的人像金龟子一样披盔戴甲；他们的弱点在里面。和他们完全相反，我们的力量在内部，我们的全副武装的灵魂居住在一个虚弱的肉体里。

这儿是一位古代贵妇的色粉画像，变得像影子一样模糊不清的脸上露出微笑；一只戴着网眼无指手套的手，在缎子衣服遮住的膝头上，抱着一只扎着缎带的小狗。这幅画像使我心里充满了一种使人心醉神迷的忧愁。让那些心里没有一幅半模糊的色粉画的人嘲笑我吧！

离家近了，我就像嗅到马厩气味的马一样，加快了步伐。这儿是人类的蜂巢，其中也有一间我的巢房，我在这间巢房里酿造略微带点儿苦味的学问之蜜。我迈着沉重的步子一步一步爬上楼梯。再有几级

就可以到我的门口了。但是，与其说是我看到，还不如说是我猜到一件连衫裙带着绸缎的窸窣声从上面下来。我停住脚，身子贴紧楼梯扶手。下楼来的那个女人没有戴帽子。她年轻，嘴里哼着歌；她的眼睛和她的牙齿在阴影里闪闪发光，因为她同时用嘴和眼波在笑。这肯定是一个女邻居，而且是最亲近的女邻居。她怀里抱着一个挺好看的孩子，一个像女神的儿子那样赤身裸体的小男孩。他脖子上戴着一条小银链条，银链条上挂着一个圣牌。我看见他在吮着大拇指，用他那双朝着这个古老的，对他来说却是崭新的世界睁开的大眼睛望着我。他的母亲也同时带着既神秘又调皮的神气看我。她停住脚，我相信她脸红了，她把小东西朝我举过来。婴儿的手腕和胳膊之间有一道好看的褶儿，脖子上也有一道褶儿；从头到脚有好些好看的小窝儿在粉红色的嫩肉里笑着。

妈妈骄傲地让我看他。

"先生，"她用悦耳的嗓音对我说，"我的小男孩，他不是长得很好看吗？"

她抓住他的手，放在他的嘴上，然后把粉红色的小指头朝我送过来，说：

"宝贝儿，送个吻给这位先生。这位先生心好，他不愿让孩子们挨冻。送个吻给他。"

接着她把小家伙搂在怀里，像猫一样灵活地溜走，钻进一条走廊，根据气味判断，这条走廊通到厨房。

我走进自己的家。

"泰雷丝，我刚才在楼梯上看见一个年轻的妈妈，没戴帽子，抱着一个挺好看的小男孩，她会是谁？"

泰雷丝回答我说，这是科科兹太太。

我望望天花板，仿佛想从那儿得到启发似的。在泰雷丝的提醒下，我想起那个身材矮小的书贩子，去年他在他的妻子分娩期间曾经给我送来一些历书。

"科科兹呢？"我问。

我得到的答复是我再也不会见到他了。这个身材矮小的可怜人，在科科兹太太顺利地分娩以后不久，就在我不知道，许多别的人也不知道的情况下，被人埋入土中，我得知他的遗孀已经不再感到悲伤，也就和她一样不感到悲伤了。

"但是，泰雷丝，"我问，"科科兹太太顶楼里缺什么吗？"

"先生，您要是为这个女人担心，"我的女管家回答我，"那您可就大上其当了。顶楼的屋顶修好以后撵过她。但是她不理房东、经租人、看门人和执达员，住到现在还没走。我看是他们一个个都给她迷住了。先生，她要到她高兴的那一天才会从顶楼里搬出去，但是她会乘着华丽的四轮马车搬走。这是我讲的，错不了。"

泰雷丝考虑了一会儿以后，说出了下面这样一句格言：

"漂亮的脸蛋儿是上天降下的祸害！"

虽然我明明知道泰雷丝从年轻时就很丑，没有一点动人之处，我还是摇摇头，居心不良地对她说：

"哎！哎！泰雷丝，我听说您过去也有一张漂亮的脸蛋儿。"

世界上任何女人，哪怕是最圣洁的女人，我们都不应该去考验她。

泰雷丝垂下眼睛，回答：

"我过去算不上一般人说的漂亮，不过不惹人讨厌罢了。从前我要是愿意，我也会跟别人一样干。"

"有谁敢对这表示怀疑呢？不过，请接着我的手杖和帽子。为了消磨时间，我要看几页莫雷里①。如果我可以信任我那老狐狸般的嗅觉，今天晚饭将有一只香喷喷的肥母鸡。我的女儿，请您去照料照料这只值得敬重的家禽，宽厚地对待别人，为的是让别人也宽厚地对待我们——您和您的老主人。"

这样说完以后，我就专心研究某一个王族家系的繁茂分支。

1863 年 5 月 7 日

我按照哲人的愿望，in angello cum libelle②，度过了冬天，现在玛拉凯沿河街的燕子回来了，发现我几乎还是它们离开时的老样子。谁生活得少，改变得也少；把日子消磨在古老的文献里，这简直不能算是生活。

然而，我今天感到自己比以往任何时候都略微深地沉浸在人生酿造出的那种淡淡的哀愁里。我的智力的平衡（我不敢对自己承认）自从我知道让·图穆叶的手写本存在的那个关键时刻起，就遭到了破坏。

为了几张古老的羊皮纸，我竟然寝食不安，这真是不可思议；不过这是千真万确的事。无所需求的穷人占有最大的财宝：他占有他自己。贪心不足的富人仅仅是一个可怜的奴隶。我就是这样的奴隶。那些最愉快的乐趣——跟一个具有睿智而又稳健的人聊天啦，跟一个朋友一块儿吃饭啦——都不能使我忘掉手写本，自从我知道它存在以后，我一直感到缺少它。我白天感到缺少它，夜里也感到缺少它；在

---

① 莫雷里（1643—1680）：法国历史学家，修道士，《历史大词典》的编者。
② 拉丁文："在一个角落里，伴着一本小书。"

快乐和忧愁中感到缺少它；在工作和休息中感到缺少它。

我记起了我小时候的那些愿望。我今天多么了解我童年时代那些无比强烈的需求啊！

一个布娃娃异常清晰地重新出现在我眼前，它在我十岁时陈列在塞纳街一家蹩脚的铺子里。这个布娃娃怎么会引起我的喜爱，我不知道。作为一个男孩子我感到很骄傲；我看不起小姑娘，我迫不及待地等候着下巴上长出扎人的胡子的时刻来到（唉！它终于来到了）。我玩士兵打仗；为了喂我的摇动木马，我毁坏了我可怜的母亲种在窗台上的花草。我认为这才是男子汉的游戏！可是我渴望得到一个布娃娃。即使是像赫拉克勒斯 [①] 的人也有这种弱点。我所喜爱的这个布娃娃至少很美丽吧？不。我现在还清清楚楚看见她。她两边脸蛋上各有一块朱红色的斑，胳膊松软而又短小，一双可怕的木头做的手和两条叉开的长腿。她的花布裙子用两根大头针别在腰上。我现在还看见这两根大头针的黑色的圆头。这是一个缺乏教养的布娃娃，有股子郊区的味道。我清清楚楚地记得，虽然我还是个孩子，短裤还没有磨破几条，可是我已经能够知道自己的观点，而且是强烈地感到这个布娃娃缺乏优雅和仪表，她既粗俗又粗鲁。但是尽管这样，我还是喜欢她，也正因为这样我才喜欢她。我想得到她。我的士兵啊，我的铜鼓啊，变得一钱不值。我不再把一棵棵天芥菜和婆婆纳放在我的摇动木马的嘴里。这个布娃娃对我来说就是一切。我想出了一些只有野人才能想出的诡计，迫使我的保姆维吉妮带着我在塞纳街的那家小铺子前面经过。我把鼻子贴在橱窗上，我的保姆不得不拉我的胳膊。"西尔维斯特先生，太晚了，您的妈妈会骂您的。"西尔维斯特先生那时候根本

---

① 赫拉克勒斯：希腊神话中最伟大的英雄，神勇无敌，完成十二项英雄业绩。

不怕骂，也不怕打屁股。但是他的保姆轻而易举地把他拎起来，西尔维斯特先生对强力让步了。后来，随着年龄的增长，他退步了。当时他是什么也不怕的。

我感到不幸。有一种轻率的，但是不可抗拒的羞耻心阻止我向我的母亲承认我心爱的对象。由此产生了我的痛苦。一连几天，那个娃娃不断出现在我脑海里，她在我眼前跳舞，直勾勾地望着我，朝我张开双臂，在我的想象里她具有一种生命，使得她在我眼里变得神秘又可怕，因而也就更加可爱，更加令人想望。

终于有一天——这一天我永远不会忘记——我的保姆领我到我的舅舅维克多上尉家里去。他邀请我去吃中饭。我非常钦佩我的上尉舅舅，既是因为他曾经在滑铁卢①射出法国的最后一颗子弹，也是因为他在我母亲的餐桌上亲手在面包头上抹大蒜，然后拌在菊苣生菜里。我觉得这很了不起。我的维克多舅舅的有肋形胸饰的常礼服，特别是他一进门就把整个家吵得天翻地覆的那种作风，也使我对他十分敬重。即使到今天我还不太明白他哪儿来的这么大本事，不过我可以肯定，二十个人的聚会只要我舅舅一出现，大家就只看见他一个人，只听见他一个人了。我的善良的父亲，我相信，他决不像我一样钦佩维克多舅舅。维克多舅舅抽烟斗熏得他受不了，友好地用拳头狠狠地敲他的背，指责他没有力气。我的母亲对上尉保持着一种做妹妹的宽容态度，不过有时候也劝他少摸摸装烧酒的瓶子。但是他们的这种反感和责备，我丝毫也体会不到，维克多舅舅在我心中激起的是最纯洁的狂热崇拜。因此我怀着一种骄傲的心情走进盖内戈街他那个小小的住

---

① 滑铁卢：比利时村庄。1815年拿破仑重掌政权后，英、奥、普、俄等国结成第七次联盟，分兵六路进攻法国，六月十日英普联军（约二十二万人）在滑铁卢附近大败拿破仑（约十二万人），给百日王朝以致命打击。

所里。这顿在炉火旁边的独脚小圆桌上吃的中饭，全部由熟肉冷盆和甜食组成。

上尉用蛋糕和不兑水的葡萄酒把我塞足灌饱。他和我谈到他遭受的许多不公正对待。他特别怨恨那些姓波旁①的人，由于他一时疏忽，没有告诉我那些姓波旁的人是些什么人，也不知道为什么我竟然猜想那些姓波旁的是定居在滑铁卢的马贩子。上尉只有在给我和他斟酒的时候才打断自己的话，他另外还谴责了许多毛孩子，一无所能之辈和饭桶，这些人我完全不认识，可是我真心实意地恨他们。在吃餐后点心时，我好像听见上尉说我的父亲是一个让人牵着鼻子走的人；不过我不能十分肯定我当时听懂了。我耳朵里嗡嗡响，觉得小圆桌在跳舞。

我的舅舅穿上他那件有肋形胸饰的常礼服，戴上他那顶喇叭形高帽子，我们下楼来到街上，这条街好像变得非常厉害，我觉得有很久很久没有来过似的。然而，当我们来到塞纳街时，我忽然又想起了我那个布娃娃，感到非常兴奋。我的脑袋在燃烧。我下决心要碰一次运气。我们在铺子前面经过；她在那儿，在橱窗里，红红的脸蛋，花裙子，长长的腿。

"舅舅，"我十分费力地说，"您愿意给我买这个布娃娃吗？"

我等着。

"给一个男孩买布娃娃，真见鬼！"我的舅舅用雷鸣般的声音嚷道，"你难道想让你自己丢脸！况且你想要的还是这么一个轻浮娘儿们。我向你表示祝贺，我的孩子。如果你保持这种癖好，如果你到了二十岁还像你十岁这样挑选你的布娃娃，我可以事先通知你，你生活

---

① 波旁：指法国波旁王族。波旁王族 1589 年至 1792 年在法国建立波旁王朝。在资产阶级革命中被推翻，于 1814 年复辟，至 1860 年结束。

中不会有乐趣可言，朋友们肯定会说你是个大傻瓜。向我要一把军刀、一支枪，我的孩子，哪怕我的退休金只剩下一个银埃居[①]，我也会掏出来替你买。但是替你买一个布娃娃，天雷劈的！让你丢人现眼！绝不干！如果我看见你玩一个这种打扮的布娃娃，我妹妹的公子，我就不再认你做我的外甥。"

听了这番话，我心里一阵难过，只有自尊心，狠毒的自尊心才能阻止我没有哭出来。

我的舅舅突然平静下来，重新回到他那些关于姓波旁的人的想法上去；但是我，仍然在他的愤怒的影响下，我感到说不出的羞愧。我立刻下定决心。我决心不让自己干出丢脸的事；我坚决而永远地放弃那个红脸蛋的布娃娃。那一天我尝到了做出牺牲的严酷快乐。

上尉，即使你生前确实像异教徒那样说渎神的话，像瑞士人那样抽烟，像打钟人那样喝酒，您死后仍然受到怀念，这不仅仅是因为您是一个勇敢的人，而且是因为您曾经使您的穿短裤的外甥懂得了什么是英雄主义的感情！高傲和懒惰使您变得几乎令人难以容忍，我的维克多舅舅啊！但是有一颗高尚的心在您的常礼服的那些肋状胸饰下面跳动。我还记得，您的钮扣眼上插着一朵玫瑰花。这朵您随时乐意送给女店员们的花，这朵花心大大地敞露，花瓣随风飘落的花，正是您光荣的青年时代的象征。您不蔑视酒，也不蔑视烟草，您蔑视人生。上尉，从您那儿学不到温柔体贴和通情达理，但是您在我还在让保姆替我揩鼻涕的年纪给我上了荣誉和克己的一课，我将永远不会忘记。

您早已安息在蒙巴那斯公墓里一块朴实无华的石板下面，石板上刻着这样的碑文：

———————————————

① 埃居：法国古代钱币，种数很多，价值不一。

步兵上尉

荣誉勋位勋章获得者

阿里斯蒂德-维克多·玛尔当之墓


但是，上尉，这不是您为您那副在战场上和欢乐场上翻滚过那么久的老骨头准备下的碑文。别人从您的文件堆里找到这个辛酸而又自豪的墓志铭，但是违背您的遗愿，不敢铭刻在您的墓上：


一个卢瓦尔省强盗 [①] 之墓


"泰雷丝，我们明天送一个花圈到卢瓦尔省强盗的墓上去。"

但是泰雷丝不在这儿。她又怎么可能在我跟前，在香榭丽舍大街 [②] 的圆形广场上呢？在那边，这条林荫大道的尽头，凯旋门 [③] 朝着天空张开它巨大的门洞，在它的拱顶下面刻着维克多舅舅的战友们的名字。林荫大道的树木在春天的阳光下，舒展开最早一批还是苍白色的、怕冻的嫩叶。敞篷四轮马车在我身边朝着布洛涅树林 [④] 驶去。我随便溜达，一直溜达到了这条热闹的大街上，现在又无缘无故地停在一个货摊前面。货摊上摆着香料蜜糖饼和一瓶瓶甘草柠檬露，细长的瓶口上用一个柠檬塞住。一个穷孩子，衣衫褴褛，露出皲裂的皮肤，在不是为他准备的这些奢华的甜食前面睁着一双大眼睛。他天真无

① 卢瓦尔省强盗：1815 年拿破仑在滑铁卢战败后，他的残余军队在达乌元帅的领导下，聚集在法国卢瓦尔省。1815 年十月遣散。保王党人把这些遣散军人诬蔑为"卢瓦尔省强盗"，后来这个绰号用来称呼所有与联军作过战的法国军人。
② 香榭丽舍大街：巴黎最繁华的林荫大道。
③ 凯旋门：1806 年根据拿破仑的命令修建，至 1836 年方完成，位于香榭丽舍大街星形广场。拱门下刻有三百八十六名参加共和国以及帝国战争的将军的名字。
④ 布洛涅树林：巴黎西边的大公园。

邪，毫无顾忌地流露出他的愿望。他那双圆眼睛直勾勾地望着一个高身材的蜜糖饼人儿。这个蜜糖饼人儿是个将军，模样有点儿像维克多舅舅。我拿起它，付了钱，递给这个穷孩子，他不敢伸手接，因为根据早熟的经验，他不相信有幸福；他望着我，神情很像有些大狗，仿佛在说："您取笑我，太残忍。"

"喂，小傻瓜，"我用我惯常有的那种粗暴口气对他说，"拿着，拿着，吃吧，既然你比我在你这个年纪时幸福，你能够满足你的爱好而不至于蒙受耻辱。您呢，维克多舅舅，这个蜜糖饼将军使我想起了您的那张男子气概的脸，请您来吧，光荣的幽灵，来使我忘掉我的新布娃娃吧。我们永远是孩子，我们不断地追求一些新的玩具。"

同日

科科兹一家在我心里以最离奇的方式和让·图穆叶教士结合在一起。

"泰雷丝，"我急忙在我的扶手椅上坐下说，"请您告诉我，小科科兹身体好不好，是不是开始长牙了，还要请您把我的拖鞋给我。"

"他早该长牙齿了，先生，"泰雷丝回答我，"不过我没有看见。今年一开春，有一天母亲带着孩子不见了，留下了家具和破衣服。在她的顶楼里找到了三十八个空的发蜡罐，这真是难以想象。在最近一段时间里常有人上她家里来，您可以想得到，她这时候决不会在女修道院里。看门女人的侄女儿说，在林荫大街上遇见她坐在敞篷四轮马车里。我早就对您说过，她不会有好下场。"

"泰雷丝，"我回答，"还不能说这个年轻女人的下场好坏。等她离开人世的那一天您再来评论她吧。请您注意，不要在看门女人那儿说得太多。科科兹太太，我只在楼梯上见过她一次，我觉得她挺爱她的孩子。她这种母爱应该受到称赞。"

"在这方面，先生，那孩子倒是什么也不缺。在整个区里也许再也找不到比他喂养得更好，打扮得更好，照料得更好的了。她每天给他换一个雪白的围嘴儿，从早到晚唱歌给他听，引他笑。"

"泰雷丝，一位诗人说过，'母亲从不朝他微笑的孩子，他既不配上男神们的饭桌，也不配上女神们的床铺。'①"

1863 年 7 月 8 日

听说圣热尔曼·德·普莱教堂的圣母殿在重新铺石板地面，我赶到教堂去，希望能发现因工人的发掘而露出来的碑文。我没有猜错。建筑师把他让人临时靠墙放着的一块石头指给我看。我跪下，辨读刻在这块石头上的碑文。在古老的半圆形后殿的阴影里，我低声念着下面这些使我的心怦怦跳动的字：

> 本教堂教士让·图穆叶之墓。他曾给圣万森和圣阿芒的
> 下巴以及圣婴的脚包上白银；他生前始终是正直而英勇的。
> 请为他的灵魂祈祷吧。

我用手绢慢慢地揩掉这块盖墓石板上的尘土；我恨不得吻吻它。

---

① 引自古罗马诗人维吉尔（前 70—前 19）的《牧歌》第四章的最后几行诗，但与原诗略有出入。"母亲从不朝他微笑的孩子"，这一句原诗是："没有见到双亲朝他微笑的人"。

"是他，是让·图穆叶！"我大声叫起来。

这个名字从拱顶上面仿佛撞碎了似的，发出一声巨响，重新落在我的头上。

我看见教堂侍卫朝我走来，他那张严肃、沉默的脸使我对自己的兴奋感到惭愧。我穿过两个虔诚的教徒争着伸过来、交叉在我胸前的圣水刷，逃走了。

然而这确实是我的让·图穆叶！再没有可怀疑的了；《黄金的圣徒传》的译者，圣热尔曼、圣万森、圣费雷奥尔、圣费吕雄和圣德罗克多维的传记的作者，正如我想的那样，是圣热尔曼·德·普莱修道院的修士。而且是怎样一个好修士，既虔诚又慷慨！他让人用白银打了一个下巴，一个脑袋，一只脚，为了让珍贵的遗骸包上一层不会腐烂的套子！但是我哪一天能见到他的作品，还是这个新发现只能增加我的遗憾呢？

1869 年 8 月 20 日

"我啊，我得到了一些人的喜爱，我考验所有的人，我是善人的快乐，是恶人的恐惧。我啊，制造错误，又消灭错误，我尽力展开我的翅膀。如果我在迅速的飞翔中，一下子越过多少年头，请不要责怪我。"

是谁这样说的呢？是我太熟悉的一位老人，是时间老人。

莎士比亚在结束《冬天的故事》①的第三幕以后，停下来让小珀迪

---

① 《冬天的故事》：英国文艺复兴时期戏剧家莎士比亚（1564—1616）的剧本（1610）。该剧第四幕启幕前合唱队以时间老人的名义唱出第三幕与第四幕之间相隔十六年，在这十六年里发生了许多事，孩子长大，大人也起了变化。珀迪塔是该剧主人公莱昂特国王的女儿。

塔有时间增长智慧和美丽，等到他重新拉开幕布时，他把古代的扛镰刀者召到舞台上来向观众解释沉重地压在心怀嫉妒的莱昂特头上的漫长的岁月。

我在这本日记里，正如莎士比亚在他的喜剧里一样，把前后相隔很长的一段时间留在遗忘之中，我效法诗人，也请时间老人出面来解释六年时间的匆匆略过。我确确实实已经有六年没有在这本簿子里写过一行字；我再提起笔来，唉！我也没有一个"在妩媚中长大的"珀迪塔好描写。青春和美丽是诗人们的忠实伴侣。这些迷人的幽灵来探望我们这种人，仅仅只有一个季度的时间。我们不能够留住她们。如果哪一个珀迪塔的幽灵异想天开，想到穿越我的脑海，她一定在一堆堆坚硬如角的羊皮纸上撞得头破血流。诗人们多么幸福啊！他们的白发决不会吓着那些海伦①、弗兰齐斯嘉②、朱丽叶③、朱丽④和窦绿苔⑤的飘无定踪的幽灵！而西尔维斯特·波纳尔呢，单单他的鼻子就足以把一大批伟大的女情人全都吓跑。

然而，我也曾像别人一样感受过美，也曾体验过不可思议的大自然赋予有生命的形体的神秘魅力，一块活的黏土曾引起我的颤栗，而正是这种颤栗造就出恋人和诗人，但是我既不会爱，也不会唱歌。在我乱七八糟地塞满了一大堆古老文献和古老用语的心灵里，我像在顶

---

① 海伦：希腊神话中的美人，斯巴达王墨涅拉俄斯的妻子。特洛伊王子把她诱走，因而引起持续十年之久的特洛伊战争。荷马的史诗《伊利亚特》和欧里比得斯的悲剧《海伦》都歌颂了她。
② 弗兰齐斯嘉：意大利波伦太人，1275 年其父因政治上的原因，把她嫁给拉文纳贵族玛拉台斯太的残废儿子祈安启托。十年后祈安发现她和弟弟保罗在一起，就用刀杀死这一对情人。她出现在但丁的长篇史诗《神曲》第一部分《地狱》中。
③ 朱丽叶：莎士比亚的悲剧《罗密欧和朱丽叶》中的女主人公。
④ 朱丽：十八世纪法国作家卢梭的宣扬个性解放、爱情自由的小说《新爱洛伊丝》中的女主人公。
⑤ 窦绿苔：德国诗人歌德的长篇叙事诗《赫尔曼与窦绿苔》中的女主人公。

楼里找到一幅细密画那样，重新找到一张有着两只青莲色眼睛的开朗的脸……波纳尔，我的朋友，您是一个老疯子。念念就在今天早上佛罗伦萨①一个书商给您寄来的这份目录吧。这是一份手写本的目录，您有可能在上面看到对意大利和西西里收藏家收藏的几件珍品的说明。这才是对您相宜的，这才是和您的尊容相配的！

我读着读着，发出了一声叫喊。哈米尔卡上了年纪，变得非常严肃，让我感到害怕，它带着责备的神情望着我，好像在问我，在这个世界上还有没有安宁，既然它在像它一般老的我的身边都不能得到安宁。

在我的新发现带来的快乐中，我需要一个知心朋友，我像一个幸福的人那样憋不住，向平静的哈米尔卡尽情倾诉。

"不，哈米尔卡，不，在这个世界上没有安宁，您向往的清静是跟人生中的工作不相容的。谁对您说我们老了？听听我念一段这份目录，然后再说现在是不是该休息了。

雅克·德·沃拉吉纳的《黄金的圣徒传》，十四世纪让·图穆叶教士法文译本。

卓越的手写本，饰有两幅画工考究、保存完好的细密画，一幅画的是圣母行洁净礼，另一幅画的是普罗赛比纳的加冕。

在《黄金的圣徒传》后面还附有圣费雷奥尔、圣费吕雄、圣热尔曼和圣德罗克多维的传记，二十八页，以及圣热尔曼·德·奥塞尔先生的神奇葬礼，十二页。

_____

① 佛罗伦萨：意大利中部大城市。

这个珍贵的手写本原系托玛斯·罗利爵士收藏,现保留在吉尔让蒂<sup>①</sup>的米开朗琪罗·波利齐先生的陈列室里。

"您听见了,哈米尔卡。让·图穆叶的手写本在西西里,米开朗琪罗·波利齐先生家里。但愿这个人喜爱学者。我来给他写一封信。"

我说写就写。我在信上请求波利齐先生允许我看看让·图穆叶教士的手写本,我告诉他凭哪些理由我才敢于相信自己配得上受到这样的厚待。我同时提出把几种我掌握的未曾刊印的、不无价值的文献交给他支配。我要求他尽快给我一个回音,我在签字下面把我所有的荣誉头衔一个不漏地全都写上。

"先生!先生!您这样奔跑,是上哪儿去?"泰雷丝惊慌失措地

---

① 吉尔让蒂:意大利西西里岛西南海岸有一城市叫阿格里琴托,建于公元前 600 年左右,后曾改名为吉尔让蒂,至 1927 年又恢复原名为阿格里琴托。当地有许多古庙遗址,是旅游胜地。

叫起来，她手里拿着我的帽子，四级一跨地奔下楼梯追赶我。

"我到邮局去寄一封信，泰雷丝。"

"我的老天爷！怎么可以这样往外跑，光着头，像个疯子似的。"

"我是疯子，泰雷丝。但是谁不是疯子呢？赶快把帽子给我。"

"还有您的手套，先生！您的伞！"

我到楼梯底下，还听见她在叫喊，叹气。

1869 年 10 月 10 日

我怀着难以遏制的焦急心情，等待米开朗琪罗·波利齐先生的答复。我坐立不安；我做出一些突如其来的动作，我把书打开，接着又砰的一声关上。有一天我甚至一胳膊肘把一卷莫雷里撞到了地上。哈米尔卡正舔着自己身上的毛，突然停下，爪子搭在耳朵上，用气愤的目光望着我。它在我的家里应该期待的是这种吵闹的生活吗？我们不是已经有过默契，过平平静静的日子吗？我违背了这个协定。

"我可怜的伙伴，"我回答它，"我被一股强烈的热情所折磨，它使我心神不安，它支配着我。各种热情是休息的敌人，这我同意；但是没有它们，这个世界上就没有各种行业和各种艺术。每个人都会赤身裸体地睡在一堆粪土上，而你呢，哈米尔卡，你也不可能躺在书城里的一个绸垫子上睡觉了。"

我没有进一步向哈米尔卡阐述热情的理论，因为我的女管家给我拿来一封信。信上盖着那不勒斯①的邮戳，信的内容如下：

① 那不勒斯：意大利南部濒第勒尼安海的大港市。

显赫的阁下：

　　我确实有《黄金的圣徒传》的无与伦比的手写本，它没有逃脱您的敏锐的注意力。一些重大的理由专横地、暴虐地反对我放弃它，哪怕是放弃一天，哪怕是放弃一分钟。如果能在吉尔让蒂我的寒舍里让您观看，那对我将是一种快乐和光荣，寒舍将因您大驾光临而蓬荜增辉。因此，在等待您来临的迫切盼望中，院士先生，我斗胆称自己为您谦卑而忠诚的仆人。

米开朗琪罗·波利齐

酒商兼考古学者

吉尔让蒂（西西里）

好吧！我到西西里去：

Extremum hunc, Arethusa, mihi concede laborem.①

1869 年 10 月 25 日

　　我已经下定决心，我的准备工作已经做好，只剩下通知我的女管家这一件事了。我承认我犹豫了很长时间才向她宣布我的离开。我害怕她的规劝，她的嘲笑，她的责备和她的眼泪。"这是个好心肠的姑娘，"我对自己说，"她依恋我；她一定会拦阻我。天主知道，如

---

① 拉丁文："阿瑞托萨，让我去完成这最后一桩工作吧。"这是古罗马诗人维吉尔的《牧歌集》第十首牧歌的第一行诗。阿瑞托萨是希腊神话中的山林水泽女神，一次在河中沐浴，被河神阿尔斐俄斯追逐，女神阿耳忒弥斯把她变为泉水。西西里岛锡腊库扎附近的岛屿俄尔蒂吉有阿瑞托萨泉，传为她所化。

果她想要干什么，言语、举动、哭喊在她都不用费多大力气。在这个情况下，她会把看门的女人，擦地板的人，拆洗床垫的女人和水果贩子的七个儿子全都叫来帮忙。他们会围着我，一个个全都跪下来；他们会哭，样子那么难看，为了不再看他们，我只好向他们屈服。"

这就是恐惧在我的想象中聚集的可怕的情景，病态的梦想。恐惧，正如诗人说的，繁殖力旺盛的恐惧，在我的脑海里分娩了这些怪物。因为我在这些隐秘的纸页里承认，我害怕我的女管家。我了解她知道我是软弱的，这一点使我在与她的争执中失去全部勇气。这种争执经常发生，屈服的总是我。

但是总得向泰雷丝宣布我要出门呀。她抱着一抱木柴走进藏书室来，稍许生点儿火，她叫作"一炉短暂的旺火"。因为早上有点儿凉。我从眼角观察她，她蹲下，头伸到壁炉挡板底下。我不知道当时哪儿来的勇气，但是我没有犹豫。我立起身，在房间里踱过来又踱过去。

"对啦，"我带着胆小鬼特有的那种混充大胆的神情，口气轻松地说，"对啦，泰雷丝，我要上西西里去。"

说完以后，我十分焦急地等着。泰雷丝没有回答。她的头和她那宽大的便帽仍旧伸在壁炉里，我注意到，她身上没有流露出一点儿激动的表示。她把一些细柴禾插到劈柴底下，仅此而已。

最后我又看见她的脸了，脸很平静，平静得叫我生气。

"真的，"我想，"这个老姑娘没有心肝。她让我走，连一声'啊'都没有喊。她的老主人的离开，对她说来，就是这么不算回事吗？"

"去吧，先生，"她最后对我说，"不过请您六点钟回来。我们今天晚饭有一个菜烧好了不能久搁。"

那不勒斯，1869 年 11 月 10 日

"Co tra calle vive, magne e lave a faccia." [①]

我懂，我的朋友；我花三个铜板就可以吃喝和洗脸，而这一切只需要用一片你放在小桌上的这些西瓜就成了。但是一些西方的偏见阻止我坦率地品尝这种纯朴的快乐。况且我又怎么能吮吸西瓜呢？在这人群中间想站稳就已经是件不容易的事了。多么明亮而又喧闹的桑塔·露西亚之夜啊！挂着五颜六色灯笼的店铺里，水果堆积如山。露天燃烧着的炉灶上，水在小锅里冒着热气，油炸锅吱吱地响。在油炸鱼和热烘烘的肉的气味刺激下，我的鼻子发痒，直打喷嚏。也就是在这种情况下，我发现我的手绢离开了我的常礼服的口袋。我被人们所能想象到的最快乐、最饶舌、最活泼和最灵活的民族推撞，抬起来，朝着各个方向转动。这儿正好有一个年轻的大嫂，当我欣赏她漂亮的黑头发时，她用她那富有弹性的、结实的肩膀一下子把我推得朝后退了三步，落在一个面带微笑地接住我的、吃通心粉的人的怀里，没有受伤。

我现在是在那不勒斯。我是怎样带着剩下的几件残缺不全、不成样子的行李来到这儿，我没法说出来，因为我自己也不知道。我自始至终在担惊受怕中旅行，我相信我刚才在这个光明的城市里样子一定像阳光下的一只猫头鹰。今天夜里，情况更糟！我想观察一下民间的风习，来到了我现在所在的 strada di Porto [②]。在我周围，一群群生气勃

① 意大利那不勒斯方言："花上三个铜板，你就可以喝、吃和洗脸。"原文中的 tra 应为 tre。
② 意大利文："港口沿岸街"。

勃的人拥挤在小吃店门前，我像一块破船板随着波涛漂浮，这种有生命的波涛在淹没你的同时，也在抚爱你。因为在这些那不勒斯人的活泼里，有着几分难以说清楚的温存和殷勤的成分。我不是受到推撞，而是被摇晃；我想这样来回地摇着，这些人会把我站着摇睡着的，我一边踏着 strada① 的熔岩石板，一边欣赏这些搬运夫和渔夫，他们走着、聊天、唱歌、指手划脚、争吵，又以惊人的速度抱吻。他们同时通过各种感官生活；他们是明智的，不过自己不知道罢了，他们是根据生命的短促来决定他们的愿望的。我走近一家顾客盈门的酒店，在店门上看到用那不勒斯方言写的这首四行诗：

> Amice, alliegre magnammo e bevimmo,
>
> Nfin che n'ce stace noglio a la lucerna:
>
> Chi sa s'a l'autro munno n'ce vedimmo?
>
> Chi sa s'a l'autro munno n'ce taverna?
>
> （朋友们，趁着灯里油还未干，
>
> 让我们快快活活地吃喝吧：
>
> 谁知道在另一个世界还能不能见面？
>
> 谁知道另一个世界还有没有酒店？）

贺拉斯② 给过他的朋友们相同的劝告。波斯图姆斯③，您接受了；

---

① 意大利文："沿岸街"。
② 贺拉斯（前65—前8）：古罗马诗人，诗中宣扬伊壁鸠鲁派的享乐哲学。主要作品有《颂诗》四卷，《讽刺诗》二卷等。
③ 波斯图姆斯：贺拉斯的《颂诗》第二卷第十四首中有这么一句诗："啊，波斯图姆斯，波斯图姆斯，岁月偷偷地流逝……"这个人物不一定是真实人物。

想要知道未来的秘密的、叛逆的美女勒柯诺埃①，您也听从了。这个未来现在已经成为过去，我们已经知道。其实，您为了这样一点小事苦恼，真是大错特错。您的朋友劝您明智，劝您过滤您的希腊葡萄酒，不愧是一个有见识的人。Sapias, vina liques。② 一片美丽的土地，一片澄清的天空，就是在劝告人这样追求平静的快乐。但是有一些被高尚的不满苦苦折磨的灵魂。这是最高贵的灵魂。勒柯诺埃，您就是其中之一。如今我在暮年来到您的美貌曾在那儿闪出夺目光辉的城市，我怀着敬意向您忧郁的幽灵致敬。那些出现在基督教世界和您相似的灵魂，是一些女圣徒的灵魂，她们的奇迹充满在《黄金的圣徒传》之中。您的朋友贺拉斯留下了没有那么高贵的后代，我在这个酒店老板兼诗人的身上看到了他的一个子孙，此时此刻正在他的伊壁鸠鲁③学派的招牌下，把葡萄酒斟进一只只杯子。

然而生活证明了您的朋友弗拉库斯④有理，他的哲学是唯一符合事物发展的哲学。您看这个小伙子，他靠在爬满葡萄藤的篱笆上，一边吃着冰淇淋，一边望着星星。他决不肯弯下腰来拾我吃了千辛万苦去寻找的那个古老的手写本。事实上人生下来宁可说是为了吃冰淇淋，而不是为了翻阅古老的文献。

我继续在这些喝酒的和唱歌的人周围闲逛。一对对情人搂着腰，在咬美丽的果子。人一定生来是邪恶的，因为所有这些异乡的欢乐反

---

① 勒柯诺埃：贺拉斯赋予他遇见的一个妓女的名字。诗人在《颂诗》第一卷第十一首里指责她企图探知未来的秘密，劝她及时享乐，"过滤她的葡萄酒"。法朗士曾在1875年发表过一篇论贺拉斯的女性的文章，1876年又写出一篇名为《勒柯诺埃》的诗。他认为勒柯诺埃对生活感到的不满和怀疑是早期基督教的肥沃土壤。他把这些惶惑不安的妓女看成是基督教的伟大的引入者。
② 拉丁文："要明智，过滤您的葡萄酒。"
③ 伊壁鸠鲁（前341—前270）：古希腊唯物主义哲学家。主张人生的目的是追求幸福。
④ 弗拉库斯：这是古罗马诗人贺拉斯的姓氏。

而使我深深感到忧愁。这一群人对生活显示出如此强烈的爱好，以致我这个老文人的羞耻害臊之心完全受到冒犯。再说，那些在空中回荡的话我一句也听不懂，因而感到十分遗憾。对一个语文学家来说，这是一次丢脸的考试。因此我十分不快，在我背后忽然有人说了几句话，引起我的注意。

"这个老头儿肯定是一个法国人，迪米特里。他那为难的神色使我感到可怜。您愿意和他谈谈吗？……他有一个善良的驼背，您不认为吗，迪米特里？"

这是一个女人的声音用法语说的。我听到把我说成是老头儿，一开始就感到相当不愉快。六十二岁是老头儿吗？有一天在艺术桥上，我的同事佩罗·德·阿弗里亚克还称赞我年轻；对年龄问题，看来他总比歌唱我的背的这只年轻云雀懂得多吧，只不过云雀是不是在夜里唱歌呢？她说，我的背是驼的。啊！啊！我多少已经有点疑心到了；但是从这是一只雌鸟的意见起，我就完全不再相信。我当然没有转过头去看看说话的人，但是我能肯定这是个漂亮女人。为什么呢？

因为只有美丽或者曾经是美丽的，讨人喜爱的或者曾经讨人喜爱的女人的声音，才可能有这样大量愉快的声调变化和听上去像是在笑的银铃般的嗓音。从一个丑陋的女人的嘴里也许可以吐出一句比较甜蜜，比较悦耳的话，但是肯定没有这么轻快，没有这样的啁啾鸣叫声。

这些想法在我脑海里出现连短短的一秒钟都不到，为了躲避这两个陌生人，我立即投入最稠密的那不勒斯人群，钻进一条仅仅在圣母像的壁龛前点着一盏灯的、弯弯曲曲的 vicoletto①。在那儿，经过比较

---

① 意大利文："小街""胡同"。

从容不迫的考虑，我承认这个漂亮女人（可以肯定她是漂亮的）对我表达了一种亲切的看法，应该得到我的感谢。

"这个老头儿肯定是一个法国人，迪米特里。他那为难的神色使我感到可怜。您愿意和他谈谈吗？……他有一个善良的驼背，您不认为吗，迪米特里？"

听到这番亲切的话，我不应该立刻逃走，而是应该彬彬有礼地走上前，朝这个口齿清楚的太太鞠上一躬，然后这么说："太太，我无意中听见您刚才说的话。您想帮助一个可怜的老头儿。这件事已经做到了，太太，单单法国人的嗓音就已经使我得到了快乐，我向您表示感谢。"当然我应该对她说这些话或者类似的话。毫无疑问她是个法国人，因为她的嗓音是法国人的。法国妇女的嗓音是世界上最好听的嗓音。外国人也能像我们一样感受到它的魅力。菲列普·德·贝尔加姆①在 1483 年谈到贞德②时说："她的语言像她祖国的妇女的语言一样温柔。"她与之交谈的伴侣叫迪米特里。毫无疑问他是个俄国人。他们是有钱人，带着他们的烦闷、无聊在世界上到处跑。应该可怜那些有钱人；他们的财产把他们团团围住，却不能深入他们的体内。他们的内心深处是贫困的，一无所有的。富人的贫困是可悲的。

在这样考虑以后，我来到一条小胡同里，或者用那不勒斯话说，来到一条 sotto-portico③ 里，它在那么多的拱门下面和一些突出得那么多的阳台下面朝前伸展，所以没有一点天上的亮光能够降落下来。我

---

① 菲列普·德·贝尔加姆（1434—1520）：意大利奥古斯丁教派修士，曾为许多著名女性写传。
② 贞德（1412—1431）：法国女民族英雄，出生农民家庭，笃信宗教。英法百年战争期间曾率军六千人解救奥尔良城，人称"奥尔良少女"。后被叛徒出卖，1431 年被宗教法庭以"异端""妖术"判处火刑。
③ 意大利文：一种在拱门下穿行的小街。

迷了路，看来我这一整夜的时间要花在找路上了。要打听打听的话，也得遇上一个人才行，可是我对遇上人已经不抱希望。在绝望中我胡乱地选了一条街，或者说得更恰当一点，一个可怕的强盗窝。不仅看上去像，事实上也确实如此。因为我在这条街上走了还没有几分钟，就看见两个男人在拼刀子。他们更多的是用舌头而不是用刀子攻击，我从他们对骂的话里听出他们是两个争风吃醋的人。我小心翼翼地溜进旁边的一条小街，而这两个勇敢的人继续忙着他们自己的事，根本没有把我放在心上。我胡乱地走了一阵子，垂头丧气地在一条石头长凳上坐下，哀叹自己如此荒唐地绕了那么多弯路来躲避迪米特里和他的嗓音清脆的女伴。

"您好，signor①。您是从桑卡尔洛②回来的吗？您听那个女歌唱家唱歌了吗？只有在那不勒斯才能听到唱得像她那么动听。"

我抬起头，认出了我的旅馆主人。没想到我就坐在我的旅馆的大门前，我自己的窗口底下。

蒙特-阿莱格罗，1869 年 11 月 30 日

我，我的那些向导和他们的骡子，我们在从契阿卡③到吉尔让蒂的大路上，贫困的蒙特-阿莱格罗村一家客店里休息。村里的居民被疟疾折磨得精疲力竭，在阳光下发抖。但他们毕竟是希腊人，他们的乐观性格能抵御一切。他们之中的几个人怀着可爱的好奇心围在客

---

① 意大利文："先生""老爷"。
② 桑卡尔洛：那不勒斯最著名的剧院名，建于 1737 年。
③ 契阿卡：西西里岛西南沿海小城市，在吉尔让蒂的西北面。

店门前。如果我能够对他们讲一个故事的话，一个故事就足以使他们忘掉人生的种种苦难。他们看上去都很聪明，而妇女们虽然晒黑了，憔悴了，还是挺优雅地穿着黑色的长披风。

在我前面我看见了一些受到海风侵蚀的废墟，上面连野草也不生长。沙漠阴郁凄凉的气氛笼罩着干旱的土地；这片干旱的土地用龟裂的乳房勉强喂养着几棵掉光了叶子的金合欢、一些仙人掌和矮小的棕榈树。离我二十步以外，那一整条小山沟里，碎石子变成白颜色，看上去好像铺着一长溜枯骨。我的向导告诉我，那儿是一条溪水。

我来到西西里已经有半个月。巴勒莫①海湾，夹在佩莱格里诺山和卡塔尔法诺山，这两座雄伟、干旱的庞然大物之间，向内沿着长满爱神木和橙树的"金海螺壳"扩大。我进入这个海湾，感到那么心醉神迷，因此决定游览一下这个由于古老的传说而显得如此高贵的，由于那些丘陵的外形而显得如此美丽的岛屿。我这个在野蛮的西方白了头发的老朝圣者，居然有勇气在这片古老的国土上冒险，我雇用了一个向导，从巴勒莫来到特腊帕尼，从特腊帕尼来到赛利农特，从赛利农特来到契阿卡，今天早上我离开契阿卡上吉尔让蒂去，到那儿去寻找让·图穆叶的手写本。我看到的那些美丽东西，清清楚楚地记在我的心里，我认为花费心思把它们记下来，是件徒劳无益的事。为什么要记上一大堆笔记来破坏我的旅行的乐趣呢？相亲相爱的恋人们并不把他们的幸福用笔写下来。

我完全沉浸在现时的忧郁和过去的诗意里，我的心灵装饰着一些美丽的图像，我的眼睛里充满和谐、纯洁的线条。我正在蒙特-阿莱格罗的客店里品尝一种稠糊的、露水般的、辛辣的葡萄酒，看到一个

---

① 巴勒莫：意大利西西里岛西北滨海大城市，是该岛的首府，位于巴勒莫湾内叫"金海螺壳"的一片美丽的平原上。

戴着草帽，穿着生丝薄绸连衫裙的美丽年轻女人走进客店的大厅。她的头发是深色的，眼睛又黑又亮。从她的步态上我断定她是一个巴黎人。她坐下来，店主人在她旁边放了一杯凉水和一束玫瑰花。她一到我就站起来，出于谨慎心，略微离开桌子，假装在仔细观看墙上挂着的那些宗教画，我清清楚楚地注意到她从我背后望着我，做出一个惊讶的小动作。我走到窗子跟前，望着那些彩色油漆的两轮马车在边上长着仙人掌和霸王树的石头路上经过。

她喝着冰凉的水，我望着天空。在西西里喝凉水和享受阳光，使人得到一种无法形容的快感。我在心里默默念着那位雅典诗人[①]的诗句：


啊，神圣的光芒，黄金般的白昼的眼睛。


然而，那位法国太太在怀着古怪的好奇心观察我，虽然我不容许自己哪怕是在礼貌允许的范围内朝她看看，但是我能感觉到她的眼睛在看我。看来我有一种天赋，能够猜到落在我身上并不和我的目光接触的目光。有许多人都相信有这种神秘的能力。其实这一点也不神秘，我们总可以得到什么迹象的通知，不过这迹象太微不足道，我们往往容易忽略过去。我看见窗玻璃上映出这位太太的美丽的眼睛，这不是不可能的。

当我朝她转过身去时，我们的目光相遇了。

一只黑母鸡到扫得不干净的屋子里来啄食。

"你想吃面包，巫婆。"年轻女人说着，把留在桌上的面包屑扔

---

① 雅典诗人：指古希腊三大悲剧家之一的索福克勒斯（约前496—前406）。下面这句诗引自他的悲剧《安提戈涅》。

给它。

我认出了那天夜里在桑塔·露西亚听见的嗓音。

"请原谅，太太，"我立即说，"虽然您和我并不相识，我还是应该履行自己的一个义务，就是向您表示感谢，感谢您对一个很晚还在那不勒斯街头游荡的老同胞的关怀。"

"您认出我来了，先生，"她回答，"我也认出您来了。"

"从我的背部吗，太太？"

"啊！您听见我对我丈夫说您有一个善良的背。这会不会使您感到不快？如果我惹您生气了，那真是太遗憾啦。"

"正相反，太太，您让我感到高兴。您的观察我觉得至少基本上是正确的，深刻的。一个人的相貌并不单单表现在脸上。有才华横溢的手，也有缺乏想象力的手。有虚伪的膝盖，自私的胳膊肘，傲慢的肩膀，也有善良的背。"

"一点不错，"她对我说，"不过我也觉得您面熟。我们曾经遇到过，是在意大利，还是在别处，我就不知道了。亲王和我，我们经常旅行。"

"我不相信我曾经有过这么好的运气，能够遇见您，夫人，"我回答她，"我是一个孤独的老人。我在书本里消磨了我的一生，从来不旅行。您已经从我的慌张中看出这一点，我的慌张甚至引起了您的怜悯。我对我过去过的隐居的、终日坐着不动的生活感到懊悔。一个人毫无疑问能从书本里学到一些东西，但是从游历中能学到的东西更多得多。"

"您是巴黎人吗？"

"是的，夫人。我在同一所房子里住了四十年，很少出门，这所房子，确实是坐落在塞纳河边，世界上最出名、最美丽的地方。从我的窗口可以看见杜伊勒利宫①和卢浮宫，新桥，圣母院的钟楼，法院的小塔楼和圣教堂的尖顶。所有这些石头都会说话，它们向我叙述法国人非凡的历史。"

听了这番话，年轻女人好像感到惊喜。

"您的那套房间在沿河街上吗？"她急忙问我。

"在玛拉凯沿河街上，"我回答她，"版画商那所房子的四层楼上。我叫西尔维斯特·波纳尔。我的名字很少有人知道，但这是法兰西研究院②一个院士的名字；我的朋友们没有忘掉它，对我来说，这已经不错了。"

她望着我，脸上露出一种诧异、关切、惆怅而又感动的奇特表情，我无法理解，一段如此简单的叙述，怎么会使这个年轻的陌生女人产生如此复杂、如此强烈的情绪。

我等着她对她的惊讶做出解释，但是一个沉静、温和而又忧郁的巨人走进了大厅。

"我的丈夫，"她对我说，"特雷波夫亲王。"

接着又指着我对他说：

"西尔维斯特·波纳尔先生，法兰西研究院院士。"

亲王肩膀动了动，表示敬意。他的肩膀很高、很阔，而且是阴郁的。

"我亲爱的，"他说，"我很抱歉，不得不打断您和西尔维斯特·波纳尔先生的谈话。但是车子已经套好，我们必须在天黑以前赶到梅洛。"

她站起来，拿起店主人献给她的玫瑰花，走出客店。我跟在她后

① 杜伊勒利宫：巴黎旧王宫，后改建为花园。
② 法兰西研究院：法国最高学术机构，由以下五个科学院组成：法兰西科学院，铭文与美文学科学院，自然科学院，美术科学院和精神科学与政治学科学院。

面，亲王过去察看套在车上的骡子，试试绳子和皮带够不够结实。她停在葡萄棚下，微笑着对我说：

"我们到梅洛去；这是一个离吉尔让蒂六法里[①]的、可怕的村子。您决不会猜到我们为什么上那儿去。请您别动这个脑筋了。我们是去寻找一只火柴盒。迪米特里收藏火柴盒。他试过收藏各种东西：狗颈圈、制服钮扣、邮票。但是现在他只对火柴盒……只对这种有彩色石印画的小纸盒感兴趣。我们已经收集了五千两百十四个不同的品种。其中有一些费了好大的劲才弄到手。譬如说吧，我们知道在那不勒斯曾经制造过有马志尼[②]和加里波第[③]像的火柴盒，警察局没收了这些火柴盒，把制造人投入了监狱。通过寻找和打听，我们在一个农民家里找到了一只这种火柴盒，他开价一百里拉[④]，卖给我们以后，又到警察局去告发我们。警察搜查了我们的行李。他们没有找到火柴盒，但是把我的首饰带走了。从此我对这种收藏发生兴趣。夏天我们还要到瑞典去补全我们成套的藏品。"

我感到（我该不该说出来呢？）对这两个顽强的收藏家产生了几分同情。毫无疑问我更喜欢看见特雷波夫亲王夫妇在西西里搜集古代大理石像，搜集彩绘瓶或者纪念币。我更喜欢看见他们对阿格里琴托的废墟和埃里克斯[⑤]的富有诗意的传说发生兴趣。但是归根结底他们

---

① 法里：法国古代长度计量单位，一法里约合四公里。
② 马志尼（1805—1872）：意大利资产阶级革命家，民族解放运动中的民主共和派领袖。1831年在马赛创立青年意大利党。参加1848年意大利革命，为1849年罗马共和国三头政治的领导人之一。革命失败后，继续为意大利统一而斗争。
③ 加里波第（1807—1882）：意大利民族解放运动的领袖。曾加入青年意大利党。1848年从南美回国领导保卫罗马共和国的战争。后重新投入民族解放运动。
④ 里拉：意大利货币单位。
⑤ 埃里克斯：意大利西西里岛古城，因传说是神话中的独眼巨神塞克洛普斯和建筑师代达罗斯建造的堡垒以及阿佛罗狄忒神庙而闻名于世。现在的埃里克斯城仅存一些古庙遗迹。

是在从事一种收藏，他们算得上是我的同行。我怎么能嘲笑他们，而一点也不嘲笑自己呢？

"您现在明白了，"她补充说，"我们为什么在这个可怕的地方旅行。"

这一下我的同情心完全消失了，我甚至还感到了几分愤慨。

"这个地方并不可怕，夫人，"我回答，"这块土地是一块光荣的土地。美是一种如此伟大，如此庄严的东西。多少野蛮的世纪都不能把它消灭得不留下一些值得崇拜的遗迹。古代色列斯①的壮丽仍然笼罩在这些荒芜的山丘上；曾经使阿瑞托萨和梅纳尔②回荡着她美妙的歌声的希腊缪斯③，我仍然听见她在光秃秃的高山上和干涸的泉水里歌唱。是的，夫人，到了世界的末日，我们的星球也像今天的月亮一样没有人居住，它在宇宙中转动着它苍白的尸体，可是载有赛利隆特④的废墟的土地仍将在普遍死亡中保存着美的标志。那时候，就不会再有浅薄的嘴来亵渎它的荒僻的庄严伟大。"

我刚说出口，就感到这些话有多么愚蠢。"波纳尔，"我对自己说，"一个像你这样在书本上消磨了一生的老人，不懂得怎样和妇女谈话。"对我来说，幸好我的这番话虽说不是希腊话，特雷波夫亲王夫人也没有听懂。

她亲切地对我说：

----

① 色列斯：罗马神话中的谷物女神，相当于希腊神话中的得墨忒耳，是同一位神在不同神话体系中的不同称呼。得墨忒耳的女儿普西芬尼采花时，土地忽然裂开，冥王跳出把她劫走，强娶为后。得墨忒耳上下寻找，悲痛异常，以致土地荒芜，到处饥馑。主神宙斯乃许母女每年团聚一次，此时冬去春回，谷物繁茂。
② 梅纳尔：希腊古地区阿尔卡狄亚的一座山，希腊神话中说赫拉克勒斯生擒铜蹄牝鹿就在此山上。因此这儿又指希腊本土。
③ 缪斯：希腊神话中九位文艺和科学女神的通称。
④ 赛利隆特：西西里岛西南海岸古城。今天那儿保留着地震震坍的三个有巨柱的神殿的废墟。

"迪米特里感到无聊，我也感到无聊，我们现在有火柴盒。但是甚至对火柴盒也感到厌倦。从前我有许多烦恼，我不感到无聊；烦恼，是个很大的消遣。"

这个漂亮女人精神上的贫乏使我深有感触。

"夫人，"我对她说，"可惜您没有孩子，如果您有一个孩子，您就有了生活的目标，您的思想也就会变得比较严肃，同时也会变得比较令人快慰了。"

"我有一个儿子，"她回答我，"我的乔治，他不小了，几乎是个大人了，今年八岁。我还像他很小很小的时候一样爱他，但是这已经不是一回事了。"

她从她那一束玫瑰中取了一朵递给我，微微一笑，一边上车，一边对我说：

"您不可能知道，波纳尔先生，见到您我有多么高兴。我相信我们在吉尔让蒂还会见面。"


吉尔让蒂，同日

我尽可能把自己舒舒服服地安顿在我的 lettica① 里。lettica 是一种没有轮子的车子，或者也可以说是一种驮轿，一张由两头骡子一前一后抬着的椅子。它的使用由来已久。我常常在十四世纪的手写本里看到这种驮轿。那时候我不知道，一乘完全相同的驮轿有一天会把我从蒙特-阿莱格罗驮到吉尔让蒂。什么事都不能说得

① 意大利文："驮轿。"

太绝。

一连三个小时，骡子的铃铛当当响着，蹄子敲打着被晒得发烫的地面。在我的两边，两排芦荟绿篱之间，缓缓地展现着非洲大自然的荒漠景色。我想着让·图穆叶教士的手写本，我怀着一股单纯的热情希望得到它，连我自己都不由得受到感动，因为我从这股单纯的热情里发现了儿童的天真和动人的孩子气。

玫瑰花的香味，到了傍晚越发浓郁好闻，使我想起了特雷波夫亲王夫人。金星开始在天空闪烁。我沉思着。特雷波夫亲王夫人是一个十分单纯，和大自然非常接近的漂亮女人。她有一些猫一般的思想观点。那种能使有思想的灵魂激动的、高尚的好奇心，我在她身上没有发现一丝一毫。可是她按照自己的意思表达出一个深刻的思想："当一个人有烦恼时，就不会感到无聊。"这么说她知道在这个世界上，忧虑和痛苦是我们最可靠的消遣。伟大真理的发现不会没有痛苦和努力。特雷波夫亲王夫人，她通过怎样的努力才找到这个真理的呢？

吉尔让蒂，1869 年 12 月 1 日

第二天我在吉尔让蒂的热利阿斯旅馆醒来。热利阿斯是古代阿格里琴托一个有钱的公民。他的出名既源于他的阔气，也源于他的慷慨。他捐赠给这个城市许多免费的小旅馆。热利阿斯去世已经有一千三百年了[①]，如今在文明的民族中间不再有免费的膳宿款待。但是热利阿斯的名字变成了一家旅馆的名字，就在这家旅馆里，

---

① 热利阿斯是公元前五世纪人，应该说是两千三百年。

我在疲劳的帮助下，安安稳稳地睡了一夜。

现代的吉尔让蒂在古代的阿格里琴托的卫城上建造它的狭小的、密集的房屋，一座阴森森的西班牙教堂俯视着它们。从我的窗口望出去，我看见朝着大海的半山腰上那一排白色的、已经一半毁坏的神殿。只有这些废墟还有几分凉意，其余的一切都是干旱的。水和生命抛弃了阿格里琴托。水，阿格里琴托人恩培多克勒①的神圣的讷斯蒂，对生物来说，是那么需要，任什么生物远离江河和清泉都不能生活。不过坐落在离城市三公里的吉尔让蒂港口，贸易非常发达。"这么说，"我对自己说，"让·图穆叶教士的手写本，它就在这陡峭的岩石上的这座城市里！"我请人把米开朗琪罗·波利齐的房子指点给我以后，就去找他。

我找到波利齐先生时，他从脚到头穿一身黄，正在平底锅里煎红肠。他看见我，放下长柄锅，举起两条胳膊，连连发出欢呼声。这是一个身材矮小的人，长着粉刺的脸，鹰钩鼻，突下巴和圆眼睛，构成一副极富于表情的相貌。

他称呼我阁下，说他要用一块白石子把这个日子记下来，并且请我坐下。我们待着的这间大厅同时充当厨房、客厅、卧房、画室和食物贮藏室。里面可以看到一些炉灶、一张床、一些画布、一个画架、一些瓶子和一些红辣椒。我朝墙上挂的那些画望了一眼。

"艺术！艺术！"波利齐先生一边重新把双臂朝天上举起来，一边嚷道，"艺术！怎样的尊严！怎样的安慰！我是画家，阁下！"

---

① 恩培多克勒（约前495—约前435）：古希腊唯物主义哲学家，诗人，生于阿格里琴托。他认为万物的本原是火、气、水、土四种元素，即所谓的四根，并用四个神的名字称呼这四根，水被称为讷斯蒂。讷斯蒂可能是西西里岛的一个神的名字。

他指给我看一幅圣方济各<sup>①</sup>的画像，这幅画像没有完成，看来即使不完成，也不会给艺术和宗教信仰带来什么损失。他接着让我看几幅风格比较好一些的旧画，不过我觉得这些画只是经过轻率的修复。

"我修复古画，"他对我说，"啊！那些古代的大师！怎样的气魄！怎样的才华！"

"这么说是真的吗？"我对他说，"您同时是画家、古玩商和酒商。"

"愿为阁下效劳，"他回答我，"我此时此刻正好有一种祖柯<sup>②</sup>，每一滴都是一粒火珠子。我愿意请阁下尝尝。"

"我敬重西西里葡萄酒，"我回答，"但是我来看您，波利齐先生，不是为的几瓶酒。"

他：

"这么说是为了油画。您是爱好者。接待油画爱好者是我莫大的快乐。我要让您看看蒙雷阿莱斯的杰作，是的，阁下，他的杰作！一幅《牧羊人的崇拜》！这是西西里画派的明珠！"

我：

"我很乐意看看这幅作品，不过还是让我们先谈谈我这趟来的目的。"

他那双灵活的小眼睛好奇地望着我，我发现他甚至连我这趟拜访的目的都不知道，不免感到心急如焚。

我在慌乱中，觉着脑门上沁出了冷汗，结结巴巴地说出大致如下的话：

---

① 圣方济各（1181—1226）：意大利天主教修士，创立方济各会，或称小兄弟会，是天主教托钵修会主要派别之一。
② 祖柯：西西里岛出产的一种酒精含量很高的白葡萄酒。

"您曾经告诉我您家中有《黄金的圣徒传》的手写本，我特地从巴黎赶来看看。"

听了这些话，他举起双臂，嘴和眼睛都睁得老大，做出极其激动的表示。

"啊！《黄金的圣徒传》的手写本！一颗明珠，阁下，一颗红宝石、一颗钻石！两幅细密画如此完美，使人窥见了天堂。多么美妙啊！这些从鲜花的花冠上抢夺出来的颜色，对眼睛来说，简直就像蜜糖！朱利奥·克洛维奥[①]也没有画出更好的！"

"请让我看看。"我说，已经没法掩饰我的焦急和希望。

"让您看看！"波利齐叫起来。"我能够吗，阁下？我已经没有啦！我已经没有啦！"

他看上去好像要把自己的头发扯下来。如果我不阻止，他一定会把头发全都拔光。但是他在给自己造成重大损害以前，自己停下手来了。

"什么？"我怒气冲冲地对他说，"什么？您叫我从巴黎赶到吉尔让蒂来，就是为了让我看看一个手写本，可我赶来了，您却对我说您已经没有啦。真是岂有此理，先生！让所有诚实的人来评评您的行为。"

谁要是在当时看见我，准可以对狂怒的绵羊得出相当正确的概念。

"真是岂有此理！真是岂有此理！"我伸出颤抖的双臂重复说。

米开朗琪罗·波利齐倒在一把椅子上，姿势完全像一个垂死的英雄。我看见他眼睛里充满泪水，原来一直挺神气地竖立在头上的头发，乱糟糟地耷拉在脑门上。

---

① 朱利奥·克洛维奥（1498—1578）：意大利细密画家，长期生活在法国。他的细密画以色彩丰富著称。

"我是父亲，阁下，我是父亲！"他双手合十，嚷道。

他抽抽噎噎地补充说：

"我的儿子拉法埃罗，十五年来我一直流泪悼念着的我那可怜妻子的儿子，拉法埃罗，阁下，他希望在巴黎定居；他在拉菲特街租了一家铺面出售古玩。我把我手中的所有珍品都给了他，给了他最美丽的马约里卡陶器①，最美丽的乌比诺陶器，我的大师们的油画，况且是怎样的油画哟，阁下！即使现在我仅仅在想象中看见它们，也会觉得眼花缭乱呢！每一幅都有亲笔签名！最后，我把《黄金的圣徒传》的手写本也给了他。连我的肉、我的血，我也会给他的。一个独子啊！我可怜的圣洁妻子生的儿子。"

"这么说，"我说，"我相信您的话，先生，赶到西西里岛的深处来寻找让·图穆叶教士的手写本，可这个手写本就放在离开我家一千五百米远的拉菲特街的一个橱窗里！"

"它曾经在那里，这是千真万确的，"波利齐先生回答，他突然一下子恢复了平静，"它现在还在那里，至少我这么想，阁下。"

他从搁板上拿起一张名片递给我，说：

"这是我儿子的地址。请您介绍给您的朋友们，我将对您非常感激。陶器、珐琅、织物、油画，他有各种各样的艺术品，roba②齐全，而且我用人格保证，都是古代的。请您去看看他，他会把《黄金的圣徒传》的手写本给您看的。两幅细密画，颜色鲜艳得出奇！"

我卑怯地接过他递给我的名片。

这个人利用我的弱点，再次要我在社会上替拉法埃罗·波利齐

---

① 马约里卡陶器：文艺复兴时期意大利出产的花饰陶器，其中以乌比诺出产的陶器最为著名，是1530年至1560年乌比诺公爵基多巴多二世统治期间烧制的。
② 意大利文："货色"。

扬名。

我的手已经摸到门球，可是这个西西里人又抓住了我的胳膊。他仿佛突然有了什么好主意。

"啊！阁下，"他对我说，"我们的城市是怎样一个城市啊！它产生过恩培多克勒！多么伟大的人，多么伟大的公民！多么大胆的思想！怎样的美德！怎样的心胸！在港口那边有一座恩培多克勒雕像，我每次经过都要脱帽致敬。拉法埃罗，我的儿子，临动身到巴黎的拉菲特街上开一家古玩店时，我带他到我们城市的港口，在恩培多克勒的雕像下给了他我这个做父亲的祝福。'别忘了恩培多克勒，'我对他说。啊！阁下，我们不幸的祖国今天需要一个新的恩培多克勒！您愿意让我领您到他的雕像那里去吗，阁下？我将为您充当游览废墟的向导。我带您去看卡斯托耳和波鲁克斯①的神殿，奥林匹斯神朱庇特②的神殿，司生育女神朱诺③的神殿，古井，泰隆④的墓和黄金门。那些导游全都是蠢驴。我呢，我是个好向导，我们可以从事发掘，您愿意吗？我是内行，我有发掘古物的天赋。我在学者们什么也没找到的一些发掘场里发现了一些精品。"

我终于摆脱了他。但是他在后面追我，到了楼梯下面又拦住我，在我耳边说：

"阁下，请您听好，我领您到城里去，我要让您看看我们吉尔让

---

① 卡斯托耳和波鲁克斯：希腊神话中的孪生兄弟，一说是廷达瑞俄斯和勒达的儿子，一说波鲁克斯是宙斯的儿子，卡斯托耳是廷达瑞俄斯的儿子，还有一说两人都是宙斯的儿子。
② 朱庇特：罗马神话中的主神，相当于希腊神话中的宙斯。奥林匹斯山是古代希腊人敬奉的圣山，被认为是众神的居处。
③ 朱诺：罗马神话中的天后，朱庇特的妻子，相当于希腊神话中的赫拉。掌管婚姻和生育，是妇女的保护神。
④ 泰隆（？—472）：阿格里琴托君主，曾参加对迦太基人的战争，利用俘虏从事美化阿格里琴托的劳动。

蒂的女人！西西里女人，阁下，古代的美！我带您去看看那些农村姑娘，您愿意吗？"

"让魔鬼把您逮了去！"我愤怒地嚷道。

我撇下张开双臂的他，逃到街上。

等我到了他看不见的地方，我瘫倒在一块石头上，双手捧着头，开始思索。

"我到西西里来，"我想，"难道是为了听别人给我提这种建议吗？"

这个波利齐肯定是个坏蛋，他的儿子也是个坏蛋。但是他们打的什么鬼主意呢？我没法弄清楚。因此我感到又丢脸又伤心。

夹在窸窣声中的轻微脚步声，使我抬起了头，我看见特雷波夫亲王夫人朝我走过来。她要我坐着，别从石凳上站起来，她握住我的手，温和地对我说：

"我在找您，西尔维斯特·波纳尔先生。能够遇见您，对我来说，真是莫大的快乐。我希望我们的相遇能给您留下愉快的回忆。真的，我希望如此。"

在她说话时，我相信隔着面纱看见一滴眼泪和一丝微笑。

亲王也走过来，用他那巨大的身影把我们盖住。

"拿出来，迪米特里，拿出来，让波纳尔先生看看您珍贵的战利品。"

这个温顺的巨人递给我一只火柴盒，一只难看的小硬纸盒，上面印着一个蓝红两色的头像，标题说明这是恩培多克勒的头像。

"我看见了，夫人，我看见了。但是那个可恶的波利齐——我劝您千万别让特雷波夫先生去找他——害得我这辈子跟恩培多克勒永远翻脸了，这幅画像也不能使我对这古代哲学家更有好感。"

"丑是丑，"她说，"但是很罕见。这种火柴盒很难找到。非得到

产地才能买到。今天早上七点钟，迪米特里就上工厂去了。您看得出我们没有浪费时间。"

"我当然看得很清楚，夫人，"我用辛酸的口气回答，"但是我浪费了我的时间，我没有找到我不远千里赶来寻找的东西！"

她好像对我的失望很关心。

"您有了什么不如意的事儿？"她连忙问我，"我能帮助您吗？先生，您不愿意把您的烦恼讲给我听听吗？"

我讲给她听了。我的叙述很长，但是她很感动，因为她接着向我问了许多细小的问题，我把这看作关心的表示。她想知道手写本的正确名称，它的开本，它的外表以及它的年代；她还问我拉法埃罗·波利齐先生的地址。

我把地址告诉了她，就这样（啊，命运！）做了可恶的米开朗琪罗·波利齐叫我做的事。

有时候我们很难控制住自己。我又重新抱怨，重新诅咒。这一次特雷波夫亲王夫人笑起来了。

"您为什么笑？"我对她说。

"因为我是一个坏女人。"她回答我。

接着她飞一般地跑走了，留下我单独一个人坐在石凳上发愣。

巴黎，1869 年 12 月 8 日

我的还没有打开的箱笼堆放在饭厅里。我坐在一张桌子前面，桌子上摆着法兰西这片国土为美食家生产的那些好东西。我吃了夏特勒①肉馅饼，单单这一样肉馅饼就足以使人热爱自己的祖国。泰雷丝站在我面前，两只手握着放在白围裙上，关切、不安、怜悯地望着我。哈米尔卡在我的腿上磨蹭着，高兴地淌出了口涎。

我记起了一位古诗人②的这行诗：

> 像尤利西斯③那样做了一次美好旅行的人是幸福的。

"好吧，"我想，"我白白地出了一趟门，我双手空空地回来了，但是我像尤利西斯一样做了一次美好的旅行。"

我咽下最后一口咖啡，向泰雷丝要我的手杖和我的帽子，她疑虑

---

① 夏特勒：法国城市。
② 这位诗人是十六世纪法国七星诗社的诗人之一的杜·倍雷（1522—1560）。下面这句诗是他的一首十四行诗的头一行。他长时间远离法国，在这首诗里表达了对祖国的怀念。
③ 尤利西斯：希腊神话中的英雄奥德修斯，罗马神话中称为尤利西斯。奥德修斯在特洛伊战争中献木马计，希腊军因而获胜。回国途中历尽艰险，重归故乡。

重重地交给我，她生怕我又走了。我为了让她放心，要她把晚饭在六点钟准备好。

在巴黎的这些街道上逍遥自在地走走，对我来说，这已经是一种强烈的快乐，这些街道，我虔诚地爱着它们的每一段路面，每一块石头。但是我有一个目标，我径直朝拉菲特街走去。我很快就看见拉法埃罗·波利齐的铺子。它由于有许多古画而引人注目，这些古画虽然签着各不相同的显赫的名字，但是在它们之间具有像是一家人一样的某种相似，很可能使人联想到天才之间的感人至深的亲如手足的关系，如果不是更明显地证明了老波利齐先生画笔所施展出的花招。铺子里除了这许许多多的可疑的杰作，还有不少小件的古董，使得气氛显得很欢快，其中有匕首，带盖长颈壶，带盖高脚杯，古陶器，带椭圆形像饰的铜餐具，发金属光泽的西班牙伊斯兰盘子。

在一把有纹章的葡萄牙皮扶手椅上，放着一本西蒙·沃斯特[①]的日课经，它打开的那一页上有一幅占星术图。一本古老版本的维特鲁伏[②]在一口柜子上摊开它的杰出的女像柱和男像柱的版画。这种隐藏着巧妙布置的表面混乱，这种艺术品被乱放到最有利角度，其实并非乱放的人为的巧合，很可能会使我的不信任有所增加，但是单单波利齐这个名字在我心里引起的不信任不可能再增加，因为它已经是无限的了。

拉法埃罗先生在那儿就像是所有这些不协调的、混乱的形式的独一无二的灵魂。我觉得他是一个冷漠的年轻人，有点像英国人。他丝毫没有表现出他父亲在摹拟表演和朗诵技巧两方面所施展出的卓越才能。

① 西蒙·沃斯特：十六世纪法国出版商，出版的日课经有许多木刻插图。
② 维特鲁伏：公元一世纪著名罗马建筑学家。他的著作《论建筑》从文艺复兴时期起一再重版，并附有版画插图。

我把我来的目的告诉他，他打开一口柜子，取出一部手写本，放在桌子上，我可以从容地仔细观看。

我这一生还从来没有感到这么激动过，如果不把我年轻时的几个月算在内的话。那几个月的回忆，即使我能活上一百岁，到我最后一刻仍旧会像头一天一样鲜明地留在我的心里。

我看见的，我摸到的，确实是托玛斯·罗利爵士的图书管理人描述的手写本；确实是让·图穆叶教士的手写本！沃拉吉纳的作品明显地经过了删节，但是这并不重要。圣热尔曼·德·普莱修道院的修士的极其珍贵的增补部分出现在里面。而这是主要的！我想念念圣德罗克多维的传记，但是我不能；一行行的字同时映入我的眼帘，我的脑袋发出夜间田野里的水磨声。然而我还是能够判断出这个手写本具有无可否认的真实性的那些特点。圣母行洁净礼和普罗赛比纳加冕这两幅画，构图太笨拙，颜色太刺眼。正如托玛斯爵士的目录所说明的，它们在1824年遭到严重损坏，后来又恢复了鲜艳的色彩。这个奇迹没有使我感到惊奇。况且这两幅细密画与我何干！让·图穆叶写的传记和诗，那才是珍宝。我把我的眼睛所能容纳下的，全都用目光攫取过来。

我装出一副无所谓的样子问拉法埃罗先生这部手写本的价钱，我等着他的回答，暗自祷告上苍，但愿这价钱别超过我的积蓄，一次花费甚大的旅行已经使我的积蓄大大减少。波利齐先生回答我说，他不能支配这件东西，它已经不属于他，将和其他的手写本，以及几本刚有印刷术时出版的书，在拍卖大厦举行拍卖。

这对我是一个狠狠的打击。我竭力恢复镇静，勉强大致回答出以下这样的话：

"您使我感到惊奇，先生。我最近在吉尔让蒂见到令尊，他向我保证您是这件手写本的所有者。您不应该使我对令尊的话产生怀疑。"

"过去我确实是,"拉法埃罗非常直爽地回答我,"但是现在不是了。我曾经把这部珍贵的手写本卖给一位收藏家,他不准我说出他的名字,而且他为了一些我不该说出来的原因必须卖出他的收藏品。承蒙我的顾客信任,我不胜荣幸,被他委托来编制目录,主持这次即将在12月24日举行的拍卖。如果您愿意把您的地址给我,我将荣幸地派人把正在付印的目录送给您,在这份目录中您将在四十二号下面找到《黄金的圣徒传》的说明。"

我留下地址,走了出来。

儿子彬彬有礼的严肃态度,同父亲厚颜无耻的摹拟表演一样,使我感到不愉快。我从内心深处憎恨这些卑鄙的买卖人使用的诡计。对我来说很明显的是,这两个坏蛋串通一气,他们想出通过拍卖估价人举行这次拍卖的主意,漫无节制地提高我希望买下的这部手写本的价格,而别人不能指责他们。我落在他们的手心里。愿望,哪怕是最无可指责的愿望,也有坏的一面,就是使我们屈服于别人,受别人支配。这个想法对我来说是残酷的,但是它并没有使我放弃占有让·图穆叶教士的作品的渴望。当我这么思考时,我想穿过大街,停下来让一辆马车驶过去,这辆马车正沿着我往下坡走的这条街爬上来,我从玻璃车窗望进去,认出了特雷波夫亲王夫人,两匹黑马和一个穿着皮大袄活像俄国贵族的车夫,排场十分阔绰。她没有看见我。

"但愿她能够找到她所寻的,"我对自己说,"或者不如说,她所中意的。"这是我作为对她残忍的笑的回报而想出的祝愿。在吉尔让蒂她曾经用这残忍的笑来对待我的失望。她有一个山雀的心灵。

我心情忧郁地走到了桥边。

大自然永远是那么冷漠,它既不提前,也不挪后地把12月24日这个日子送到人间。我来到比利翁大厦[①]，在四号大厅里，我在拍卖估价员布卢兹和鉴定人波利齐还未就座的那张台子紧跟前坐下。我看见大厅里渐渐来了许多熟面孔。我和沿河街的几个老书商握手；但是任何巨大的利益都会使最轻易相信别人的人谨慎小心，正是这种谨慎小心促使我对我这次异乎寻常地出现在比利翁大厦的一间大厅里的原因保持沉默。反过来我还向这些先生打听他们对波利齐拍卖感兴趣的原因，我听见他们谈到几件别的东西而不是我心目中的那件，心里感到满意。

大厅里慢慢充满了有关的人和看热闹的人。在延迟半个小时以后，拍卖估价人拿着他的象牙槌，书记带着他的清单，鉴定人带着他的目录，还有拍卖人拿着固定在一根长杆子上的木碗，带着市侩气的庄严神色在台子上就座。大厅里的伙计排列在高高的台子脚下。拍卖估价人宣布拍卖开始，场子上静下来一半。

一开始以不高的价格拍卖一套相当平凡的、带细密画的 Preces piae[②]。不用说这些细密画看上去完全像新的。

出价很低，使那群小旧货商受到鼓励，他们混到我们中间，变得很放肆。正在等旁边一间大厅开门的那些锅匠也来了，奥弗涅[③]人的戏谑声盖住了拍卖人的喊声。

一部《犹太人的战争》[④]的漂亮的古抄本，重新吸引住大家的注意力。经过很长一段时间的争夺，"五千法郎，五千。"拍卖人在不胜

---

① 比利翁大厦：1613年克洛德·德·比利翁在巴黎建造，十八世纪末资产阶级革命以后到1830年止充当拍卖大厦；后来拍卖场址虽迁移过两次，但在一段很长时期内一般人仍习惯于把新址称为比利翁大厦。
② 拉丁文：《信教指导》。
③ 奥弗涅：法国中部旧省名。
④ 《犹太人的战争》：犹太历史学家约瑟夫（37—100）的作品。

惊讶的锅匠们的沉默中宣布。七八本对经①唱谱又把我们带回到低廉价格上去。一个肥胖的、不穿大衣、不戴帽子的女旧货商,受到开本大、开价低的鼓励,出价三十法郎买下了这些对经唱谱中的一本。

最后,鉴定人波利齐把四十二号放在台子上:《黄金的圣徒传》。法文手写本,从未出版过,两幅华美的细密画,开价三千法郎。

"三千! 三千!"拍卖人尖声叫喊。

"三千。"拍卖估价人干巴巴地重复了一句。

我的太阳穴嗡嗡作响,我隔着一片云雾看见许许多多人的脸,全都神情严肃地转向一个伙计打开来拿在手里在大厅里来回走的手抄本。

"三千零五十!"我说。

我被我自己的嗓音吓倒了,我看见一张张脸全都朝我转过来,感到很难为情。

"右边三千零五十!"拍卖人重新把我的出价报了一遍。

"三千一百!"波利齐先生说。

于是在鉴定人和我之间开始一场英勇的决斗。

"三千五百!"

"三千六百。"

"三千七百。"

"四千!"

"四千五百!"

接着猛地一跳,波利齐先生突然跳到了六千法郎。

六千法郎,这正是我所能支配的全部钱财。对我来说,这是可能的。我冒险去做不可能的事。

---

① 对经:天主教唱经的一种,合唱者分为两组,轮流唱。

"六千一百！"我大声喊道。

唉！甚至做了不可能的事还不够。

"六千五百。"波利齐先生冷静地回击。

我低下头，嘴张着，却不敢对拍卖人说一声是还是不是，他在朝我叫喊：

"六千五百法郎，我出价；不是右边的您出价，是我出价！没有差错！六千五百！"

"看清楚了！"估价人接着说。"六千五百！看清楚了，听清楚了……还有人吗？……没有出价比六千五百法郎高的买主。"

庄严的寂静笼罩着大厅。突然间我感到我的头顶心裂开了。原来是那个拍卖估价人的槌子在台子上狠狠敲了一下，这一下无可挽回地把四十二号拍卖给波利齐先生。书记的羽笔立刻在印花纸上疾书，把这件大事用一行字记下来。

我精疲力竭，需要新鲜空气和休息。然而我没有挪动一步。渐渐地我又能考虑了。希望是顽强的。我有一个希望。我想《黄金的圣徒传》的新买主可能是一个既聪明又慷慨的珍本收藏家，他会让我看手写本，甚至答应让我发表其中主要部分。就是因为这个缘故，在拍卖结束以后，我走到从台子上下来的鉴定人跟前。

"鉴定人先生，"我对他说，"您买四十二号是为您自己，还是受人委托？"

"受人委托。我得到指示不论什么价钱都不能把它放掉。"

"您能告诉我买主的姓名吗？"

"不能满足您的要求，我感到很遗憾。不过这对我说来是完全受到禁止的。"

我失望地离开他。

1869 年 12 月 30 日

"泰雷丝，有人拉我们的门铃已经拉了有一刻钟，难道您没有听见？"

泰雷丝没有回答我。她在看门人的屋子里嚼舌头。准是如此。您就这样来祝贺您的老主人的圣名瞻礼日吗？您竟在圣西尔维斯特节①的晚上丢下我！唉！如果在这个日子里我会听到热情的祝贺，除非他们从地下出来，因为爱过我的人很早以前全都埋在土里了。我不明白我留在这个世界上干什么。门铃还在响。我驼着背，慢慢离开炉火，亲自去开门。我在楼梯平台上看见什么？这不是湿透的爱神，我也不是老阿那克里翁②，而是一个八九岁的漂亮小男孩。他单独一个人，仰起头来看我。他的脸蛋红了，但是他那向上翘的小鼻子给人一种淘气的印象。他的帽子上插着羽毛，小罩衫上有一个很大的花边绉领。漂亮的小家伙！他双臂抱着和他一般大的一包东西，问我是不是西尔维斯特·波纳尔先生。我回答说是的，他把包交给我，说他是替他妈妈送来的，然后就跑下楼梯去。

我走下几步梯级，伏在栏杆上，看见那顶小帽子像风中的一根羽毛在螺旋形的楼梯上旋转着。晚安，我的小男孩！如果能跟他谈谈，我一定会高兴。但是我能问他什么呢？盘问孩子是不高尚的。况且，这个包会比使者更清楚地告诉我是怎么回事。

---

① 圣西尔维斯特节：12 月 31 日。法国人一般都以天主教圣人的名字为名。该圣人的节日即为自己的圣名瞻礼日。

② 阿那克里翁：公元前六至五世纪古希腊宫廷诗人。他的诗歌颂醇酒和爱情，传世的只有一些片断。这儿指的是一首被误认为是他写的诗，诗中说一天夜里小爱神来叩门，诗人见他浑身湿透，于是好心让他烘干，但他却用箭射中诗人的心。

这是一个很大的包，但是不很重。我到藏书室里解开包扎用的狭缎带和纸，我看见……什么？一块劈柴，一块大劈柴，一块真正的圣诞劈柴，但是分量这么轻，我相信它是空心的。果然我发现它是两片合起来的，用小钩子扣住，在铰链上开合。我转动小钩子，眼前一下子被紫罗兰淹没了。紫罗兰从里面撒落在我的桌子上，撒落在我的膝头上，撒落在我的地毯上。还有的钻进我的背心，钻进我的袖口。我浑身充满了紫罗兰的香气。

"泰雷丝！泰雷丝！拿几个盛满水的花瓶来！这儿有许多我不知从什么样的国家来的，也不知从什么样的手里来的紫罗兰，但是这一定是一个芬芳馥郁的国家，一只优雅可爱的手。老乌鸦，您听见了吗？"

我把紫罗兰放在桌子上，桌子完全被一大堆芳香扑鼻的花盖住了。在劈柴里还有一样东西，是一本书，一部手写本。这是……我没法相信，但也没法怀疑……这是《黄金的圣徒传》，这是让·图穆叶教士的手写本。这儿是《圣母行洁净礼》和《普罗赛比纳的加冕》，这儿是圣德罗克多维的传记。我出神地望着这个充满紫罗兰花香的圣物。我一页页翻着，页与页之间夹着一些钻进来的苍白色的小花，紧挨着女圣徒塞西尔①的传记，我找到一张名片，上面有这个名字："特雷波夫亲王夫人。"

特雷波夫亲王夫人！您呀，曾经在阿格里琴托的晴朗天空下那么甜美地一会儿笑一会儿哭，您呀，有个闷闷不乐的老头儿曾经相信您是个小疯子，今天我对您美好的、罕见的疯狂确信无疑了。您给他带来了快乐的这个老头儿，他将去吻您的双手，把这部珍贵的手写本奉

---

① 塞西尔：古罗马殉教者。根据五世纪末写的传记，说她在新房里说服丈夫尊重她的贞洁，并劝他改信基督教。后来夫妻俩都受迫害而死。

还给您，整个科学界和他本人都将感激您才有可能出版一个准确的、豪华的版本。

泰雷丝这时候走进我的书房，她的情绪很激动。

"先生，"她向我喊道，"您猜猜我刚才在一辆停在大门口的、饰有纹章的马车上看见了谁。"

"当然是特雷波夫亲王夫人。"我嚷道。

"我不知道什么特雷波夫亲王夫人，"我的女管家回答我，"我刚才看见的那个女人打扮得像一位公爵夫人，带着一个衣服的缝子上处处都饰着花边的小男孩。她就是那个身材矮小的科科兹太太，八年前她生孩子时您曾经送过一块劈柴给她。我一下子就认出她来了。"

"她就是，"我连忙问，"您说，她就是科科兹太太？卖历书的商贩的寡妻？"

"就是她，先生，她的小男孩从这所房子出去上车时，车门打开了。她没有什么改变。这种女人怎么会变老呢？她们从来不让自己有烦恼。科科兹太太只不过比从前略微胖了一点。一个从前人们发善心在这儿收留过的女人，居然坐着一辆饰有纹章的马车来卖弄她的天鹅绒和她的钻石！这不是件可耻的事吗？"

"泰雷丝，"我用一种可怕的声音喊道，"如果您不带着深厚的敬意和我谈这位夫人，我们就此翻脸，谁也别理谁了。把我的塞夫勒①花瓶拿来放这些紫罗兰，它们给书城带来从来不曾有过的雅致。"

在泰雷丝一边叹气，一边去寻找塞夫勒花瓶时，我望着这些散乱的美丽的紫罗兰，扑鼻的花香就像一个可爱人儿身上的芳香，弥漫在我周围，我问我自己怎么没有认出特雷波夫亲王夫人就是科科兹太

---

① 塞夫勒：法国城市，以产瓷器出名。

太。年轻的寡妇那次在楼梯上让我看她的婴儿时，我见过她，但是不过是短短的一眼。我有更多的理由责备自己，在一个高雅美丽的心灵旁边经过，却没有看出来。

"波纳尔，"我对自己说，"你善于辨读古老的文献，但是你不善于读生活的书本。特雷波夫亲王夫人这个轻率的年轻女人，你认为她有一只山雀的心灵，她却出于感激，付出了您在帮助别人时从来不曾付出过的那么多热诚和才智。她非常慷慨地把安产感谢礼的那块劈柴的钱付给你了……泰雷丝，您过去是一只喜鹊，现在变成了一只乌龟，快给这些巴马紫罗兰①拿水来！"

---

① 巴马紫罗兰：一种淡紫蓝色的重瓣紫罗兰，非常香。

下　卷

一

让娜·亚历山大

# I

我在默伦<sup>①</sup>车站下车时，黑夜已经在寂静无声的田野里撒下它的和平气氛。土地给大太阳——正像维尔河<sup>②</sup>盆地的收割者说的"毒日头"——烤了一整天，散发出一股浓烈的、热烘烘的气息。青草的香味贴着地面缓缓地流动。我抖掉从车厢带下来的尘土，轻松愉快地呼吸。我的女管家在我的旅行包里塞满了替换内衣和零碎的梳洗用品，munditiis<sup>③</sup>，拿在手里分量显得非常轻，我摇晃着它，就像下课后的小学生摇晃着用带子捆扎的那包初级课本一样。

但愿我还能是一个低年级的小学生！可是我去世的善良的母亲亲手给我抹一片葡萄汁果酱面包，放在篮子里让我挎上，一切准备就绪以后，领我到麻雀非常熟悉的商业巷的一个角落里，院子和花园之间，杜洛瓦先生开办的学校去，一转眼这已经是快满六十年前的事了。杜洛瓦先生身材高大，他和蔼可亲地向我们微笑，摸我的脸蛋儿，毫无疑问是为了更好地表达我在他心里自然而然地引起的好感。但是等我母亲在那些见到她走近就飞起来的麻雀中间穿过院子，杜洛瓦先生就不再微笑，不再向我做出任何好感的表示，相反地把我看成是一个非常讨厌的小东西。我后来发现他对所有的学生都怀有这种感情。他用戒尺挨个儿地打我们，谁也料不到他笨重肥胖的身体会这么灵活敏捷。但是每一次他当着我们的面和我们的母亲说话，他头一次

---

① 默伦：法国城市，在巴黎东南不远的塞纳河边，是塞纳-马恩省省会。
② 维尔河：法国诺曼底地区的一条河。
③ 波纳尔毫无疑问是想到了古罗马诗人的《牧歌》第一卷第五首中的"Simplex munditiis"这个词组，意思是"打扮简单"。

见面时流露出的那种对我们的好感都要重新出现，他一边夸奖我们天分高，一边还用亲热的眼光望着我们。我跟一些小同学在杜洛瓦先生的课凳上度过的那段日子真是一段快乐的日子，他们像我一样，从早到晚尽情地哭，也尽情地笑。

半个多世纪以后，在这布满星星的天空下，这些往事又清清楚楚地在我心灵里浮现出来。从那时候起这布满星星的天空没有改变过；它那永恒不变的、宁静安详的光辉，肯定会看见许许多多和我过去一样的小学生变成像我现在一样患卡他性炎的、白发苍苍的学者。

曾经照耀过所有我那些被遗忘了的先人的轻率的或者迟钝的脑袋的星星啊，我就是在你们的光辉下，感觉到一股痛苦的悔恨之情在我心里觉醒！我真希望有一个后代能在我不能再看见你们的时候看见你们。克莱芒蒂娜，您的脸颊在带风帽的粉红斗篷里曾经是那么娇艳！如果您愿意的话，我也许已经做父亲和祖父了。但是您嫁给了阿希尔·阿利埃先生，纳韦尔[1]的富有的乡下人，有一点儿可以算是贵族，因为他的父亲，那个农民，国有财产的获得者，在买下领主们的城堡和土地的同时，也买下领主们的全部证书。[2]自从您结婚以后，克莱芒蒂娜，我就没有再见过您，我猜想您在您乡村小城堡里的生活过得一定美满，既默默无闻又平平静静。有一天我偶然从您的一个朋友那儿得知，您已经离开了这种生活，留下了一个长得和您一模一样的女儿。这个消息，换了在二十年以前，会激起我心灵的全部力量进行反抗；我听了以后在我心里产生出来的，可以说是一种巨大的沉默，充满我整个身体的感情不是一种剧烈的痛苦，而是一个听从大自然教诲的心灵的那种深切的、平静的忧郁。我理解我曾经爱过的人仅仅是一

---

① 纳韦尔：法国中部城市。
② 十八世纪末法国资产阶级革命中曾把流亡国外的贵族土地收归国有，出卖给小农。

个幽灵。但是对您的回忆至今仍然是我生活中的最大快乐。您可爱的外形慢慢憔悴以后，消失在肥壮的野草下面。您女儿的青春时代已经过去。她的美貌毫无疑问已经消逝。我永远看见您，克莱芒蒂娜，还有您的金黄色鬈发和您的带风帽的粉红披风。

美丽的黑夜！它用一种高尚的倦怠笼罩着被它从每天的桎梏中释放出来的人和牲畜，我感觉到了它的良好的影响，虽然出于六十多年来养成的习惯，我已经是仅仅根据代表事物的符号来感觉事物。对我来说，这个世界上只有文字，因为我是文献学家！每个人都按照自己的方式去做他生活的梦。我是在我的藏书室里做这个梦的。等到我离开这个世界的时刻来了，让天主到我摆满书的书架前面，从我的梯子上把我带走吧！

"啊！这真的是他！您好，西尔维斯特·波纳尔先生。我赶了我的马车到车站前面等您，您却步履轻捷地在田野里跑，您这是上哪儿去呀？您下火车我没有看见，我只好空手回吕桑斯了。把您的包给我，上车来，坐到我旁边。您知道不知道从这儿到城堡足足有七公里路？"

从双轮轻便马车上这样大声跟我说话的是谁？是保尔·德·加布里先生，最近在摩纳哥去世的 1842 年的法国贵族院[①]议员奥诺雷·德·加布里先生的侄子和继承人。我带着女管家扣好的旅行包要去的地方，也正是保尔·德·加布里先生的家。这个善良的人刚和他的两个妹夫共同继承了他的伯父的家产，他的伯父出身于一个很古老的司法界的官宦家庭，在吕桑斯的城堡里有一个收藏手写本非常丰富的藏书室，其中有些手写本可以上溯到十三世纪。我正是在保尔·

---

① 贵族院：法国的贵族院在 1814 年波旁王朝复辟后恢复，先是继承制，到 1830 年革命后废除了继承制。

德·加布里先生的请求下，到吕桑斯来清点这些手写本，并且编制目录。保尔·德·加布里先生的父亲是一个高尚文雅的人，著名的珍本收藏家，生前跟我保持着十分客气的关系。说真的，儿子没有继承到父亲的高尚的爱好。保尔先生醉心于体育；他对马和狗很内行，我相信，在所有那些能够满足或者欺骗人类的无穷无尽的好奇心的学问中，只有马厩的学问和犬舍的学问他完全掌握了。

我不能说我遇见他感到惊讶，因为我和他已经有约在先。但是我得承认我全神贯注，随着我的思想的自然发展，我完全忘掉了吕桑斯城堡和它的主人们，因此一个乡绅在这条正如人们说的"一条扎尾巴用的好带子"①的、伸展在我面前的大路的起点叫我，一开始那叫声就如同一种离奇古怪的响声钻进我的耳朵。

我有理由担心，我的相貌在大部分社会交往中具有的那种愚蠢的表情，会暴露出我的失礼的心不在焉。我的旅行包已经上了马车，我也跟着我的旅行包上去。我的主人的坦率和纯朴让我感到喜欢。

"我对您那些古老的羊皮纸一窍不通，"他对我说，"不过您在我们家里能找到交谈的人。除掉著书立说的本堂神父和虽然具有自由主义思想，但是非常可爱的医生以外，您还可以找到一个和您抬杠的人。那就是我的妻子。她不是一个学者，但是我相信，世上没有她不懂的事。另外，谢天谢地，我还打算把您多留些时候，好让您跟让娜小姐见面，她有魔术师的手指和天使的心灵。"

"这位小姐，"我说，"她具有这么难得的天赋，是您的亲属吗？"

"不是，"保尔先生回答。他那匹马用蹄子敲打着被月光照成蓝色的大路，他注视着马的耳朵。"她是我妻子的一个年轻女友，一个父

---

① "扎尾巴用的好带子"：法国过去的赶马车的车夫用来这么称呼大路。

母双亡的孤儿。她的父亲曾经让我们在金钱上冒了一次很大的风险，幸好只受到一点惊吓。"

接着他摇了摇头，改变话题，告诉我大花园和城堡三十二年来一直空关着，完全没有人住，因此我会发现大花园和城堡处在荒废的状态中。

我听他告诉我，他的伯父奥诺雷·德·加布里先生生前跟当地的那些偷猎者关系很差，他的猎场看守人像打兔子一样朝他们开枪。他们中间有一个报复心强的农民，脸上挨了领主的铅弹，一天晚上躲在林荫大道的树后面等他，差一点儿把他打死，因为一颗子弹擦伤了他的耳朵尖。

"我的伯父，"保尔先生补充说，"他企图发现这一枪是从哪儿打来的，但是他什么也没有看见，于是不慌不忙地回到城堡。第二天他让人把管家喊来，命令管家封闭城堡和大花园，不准任何人进来。他严禁碰任何东西，严禁在他回来以前维护和修理他的土地上和房子里的任何东西。他还和歌词里一样，含糊地补充说，他会在复活节或者圣三节回来①；和歌词里一样，圣三节过去了，没有再看见他。去年他死在戛纳，我的妹夫和我最先进入废弃了三十二年的城堡。我们发现在客厅中间长了一棵栗树。至于大花园，要想进去玩玩，还得先修几条小路才行。"

我的同伴闭上嘴不说了，除了青草里的唧唧虫鸣，只能听见在小跑的马的整齐蹄声。大路两边田里竖着的麦捆，在朦胧的月光下，看上去很像身材高大的白衣女人跪倒在地上。我沉浸在黑夜的魅力所激发出来的那些无比美妙、充满稚气的幻想里。在林荫道的浓密阴影下

---

① 复活节是基督教重要节日，在每年春分月圆后第一个星期日（于3月20日至4月25日之间）。复活节后五十天为圣灵降临节，圣三节是圣灵降临节后第一个星期日。

经过以后，我们的马车朝右边转弯，走上一条庄园大道；在这条大道的尽头，城堡突然出现在眼前，黑乎乎的巨大建筑，还有带圆锥顶的塔楼。我们沿着一条堤道走去。堤道通往正门大院子，并且越过一条充满流水的沟渠，代替早已毁坏的吊桥。吊桥的丧失，我想是这座尚武的小城堡在它变成接待我的那种和平面目以前，受到的第一个屈辱。天上的星星映照在黑暗的沟水里，清楚得令人惊奇。保尔先生作为殷勤好客的主人，把我一直送到坐落在顶楼、一条长走廊尽头的我的卧房里；因为时间太晚，不能立即把他的妻子介绍给我，他向我表示歉意，并且祝我晚安。

我的卧房漆成白色，悬挂擦光印花布的帷幔，保留着十八世纪谈情说爱的幽雅环境的痕迹。壁炉里满是灰烬，灰烬还是热的，向我证明为了驱散潮气已经费了很大的苦心，壁炉台面上放着玛丽-安东

尼特王后 ① 的素坯半身像。镜子已经变暗，有了锈斑，白色镜框上有两个铜钩子，从前悬挂过贵夫人腰上挂钥匙用的链子，现在它们争着要我把表挂上去。我仔细地把表上好发条，因为和泰莱姆修道院 ② 的修士们正相反，我认为时间就是生命本身，人只有把时间分成时、分、秒，也就是说分成与人寿命的短促相称的小块，才能成为时间的主人。

我想，我们之所以觉着生命短促，仅仅是因为我们轻率地根据我们狂妄的希望来要求它。我们全都像寓言 ③ 里的那个老人，有一个侧翼要加在我们的主楼上。我希望在我去世以前写完圣热尔曼·德·普莱修道院的那些院长的历史。天主赐给我们每个人的时间，就像一块珍贵的布，我们要尽我们的所能在上面绣花。我已经用我手中的线绣出各种文献学的图画。我的思想这样发展着，当我把头巾扎在头上时，对时间的想法把我带回到过去，在分针走一圈的时间内我第二次想到您，克莱芒蒂娜，在吹灭蜡烛，随着蛙声入睡以前，我祝愿天主降福给您的子孙后代。

---

① 玛丽-安东尼特王后（1755—1793）：法国国王路易十六的妻子，法国资产阶级革命后于 1793 年被送上断头台。
② 泰莱姆修道院：法国文艺复兴时期人文主义作家拉伯雷（1494—1553）的长篇小说《巨人传》里出现的修道院。该修道院的修士享有充分自由，完全不去注意时间，修道院里甚至不置钟表，他们想干什么就干什么。
③ 指法国寓言诗人拉封丹（1621—1695）的寓言《死神和垂死的人》。一个百岁老人要求死神再给他一点时间干完他所有要干的事，如立遗嘱，给他的住房主楼添盖一个侧翼，等等。

## 2

在吃中饭时，我有好几次机会欣赏德·加布里夫人的谈话；她告诉我，城堡里经常有幽灵出现，出现最多的是"背上有三条皱纹的"女人，生前是个下毒者，死后成了在地狱里受苦的鬼魂。我没法说出，她给这个奶妈哄孩子的老故事里添进了多少风趣和生命力，我们在阳台上喝咖啡，阳台石栏杆上的柱子被茁壮的常春藤缠住，拔起来，继续悬在这种淫荡的植物的那些乱疙瘩中间，完全是落在掠夺成性的肯陶洛斯怀抱里的帖萨里亚妇女那种狂乱姿态。①

城堡外形像一辆四轮运货马车，四个角上各有一座墙角塔，由于经过一次次翻修，已经完全失去它原来的特点。这是一座广阔的、值得重视的建筑物，仅此而已。我觉得它在三十二年的弃置中，并没有遭到多么严重的破坏。但是，德·加布里夫人领我走进底层的大客厅以后，我看见地板鼓起，踢脚板腐烂，护壁板开裂，窗间墙上挂的油画也已经发黑，四分之三垂在框子外面。一棵栗树顶开了镶木地板，在那儿长大，把它那羽毛饰般的一簇簇阔叶子转向没有玻璃的窗子。

我看到这种情景，想到奥诺雷·德·加布里先生的收藏丰富的藏书室就在旁边的一间屋子里，这么长的一个时期以来一直处在有害的影响之下，我不能不感到不安。然而我望着客厅里的这棵小栗树，又忍不住赞美大自然旺盛的活力，和促使一切胚芽成长为生命的那股不可抗拒的

---

① 希腊神话中提到希腊帖萨里亚英雄，拉庇泰国王庇里托俄斯，在他与希波达弥亚结婚时，邀请了有亲属关系的肯陶洛斯（半人半马怪）参加。肯陶洛斯酒醉与拉庇泰人发生争吵，肯陶洛斯中的欧律提翁要抢走新娘，其余的肯陶洛斯也要各抢一名女郎，于是发生一场恶战。最后拉庇泰人在忒修斯的帮助下，征服了肯陶洛斯。

力量。反过来我想到我们这些学者，为了留住和保存过去的事物所做出的努力是一种艰巨而无效的努力，不免感到了忧伤。一切活过的东西是新的存在所必须的养料。用帕尔密尔<sup>①</sup>神殿的大理石为自己盖一间小屋的阿拉伯人，比所有伦敦、巴黎和慕尼黑的博物馆馆长更明智。

吕桑斯，8 月 11 日

谢天谢地！藏书室朝东，没有遭受不可弥补的损失。除掉那沉重的一排古老的对开本《习惯法汇编》，被脂山鼠从这边咬穿到那边以外，其余的书都安然无恙地放在装着铁栅栏的大橱里。我

---

① 帕尔密尔：叙利亚古代城市，它的大理石神殿在三世纪时为罗马人所毁。

把整个白天的时间都用来整理手写本。太阳从没有挂窗帘的、高高的
窗子照进来，我在有时还是挺有兴味的阅读中，听见笨重的熊蜂沉重
地撞击着窗玻璃，护墙板发出爆裂声，还有苍蝇为阳光和炎热所陶
醉，在我的头顶上嗡嗡地盘旋着。到了下午三点钟，它们的嗡嗡声变
得那么响，我不由得从一份对十三世纪的默伦的历史来说非常宝贵的
文献上抬起头来，我开始察看这些小虫子或者像拉封丹 ① 说的"虫豸"
的向心运动。我应该指出，炎热对一只苍蝇的翅膀所起的作用和它对
一个古文献档案专家的脑子所起的作用完全不同，因为我感到动脑子

---

① 拉封丹早期写有《故事诗》五卷。1668 年至 1694 年陆续写成《寓言诗》十二卷。
"虫豸"这个词见于他的寓言诗《水滴和蜘蛛》中。

有极大的困难，而且感到一种相当舒服的迷迷糊糊，我花了好大的力气才从它里面挣脱出来。吃晚饭的钟声敲响了，把我从工作中惊醒，我必须尽快梳洗一下，好合乎礼仪地出现在德·加布里夫人的面前。

这顿饭菜肴很丰富，时间自然而然地延长了。我有一种也许略高于中等水平的品酒才能。我的主人发现我这方面的知识，对我相当敬重，特地为我打开了一瓶马尔戈城堡①。我怀着敬意喝这种出身高贵和德行高尚的葡萄酒，它的香味和辛辣味再怎么称赞也不会过分。这种火热的甘露流遍我全身的血管，使我充满一股青春的热情。暮色用神秘的气氛笼罩着外形变大了的树木；暮色中我坐在阳台上，德·加布里夫人的身边，我有幸向我的才智横溢的女主人生动、流畅地陈述我的印象，对一个像我这样缺乏想象力的人来说，能陈述得这么生动、流畅也就很出色了。我不借助古老的作品，出自本能地向她描绘傍晚温柔的忧郁和祖国这片土地的美丽，这片土地不仅用面包和葡萄酒养育我们，而且还用思想、感情和信仰养育我们，把我们所有的人都接纳在它慈母般的怀抱里，仿佛我们是长长的一天结束后感到疲累的小孩子。

"先生，"这位可爱的夫人对我说，"您看看这些古老的塔楼，这些树，这片天空：民间故事和歌谣里的人物出自这一切有多么自然啊！瞧那边的小路，小红帽曾经从那条路走进树林去采榛子。这片变化无常，经常笼罩着薄雾的天空上，仙女们的车辆曾经来来往往，而那北面的塔楼从前在它的尖顶下曾经隐藏过那个纺纱的老太婆，她的纺锤刺过林中的睡美人。②"

---

① 马尔戈是法国纪龙德省波尔多区梅多克的一个市镇，那儿所产的葡萄酒叫马尔戈城堡，极其有名。
② 小红帽和睡美人都是法国作家贝洛（1628—1703）童话里的人物。

我继续想着这些无比美妙的话，直到保尔先生隔着醉人的雪茄烟雾，把他为了一个取水装置向全镇居民提起的一桩诉讼讲给我听。德·加布里夫人觉着晚上很凉，披着披肩还在发抖，离开我们回到卧房去了。我于是决定不到楼上自己的卧房去，回藏书室继续研究那些手写本。保尔先生希望我去睡觉，我不顾他的反对，走进了按照古老的语言我将称之为"书斋"的房间，我在灯光下开始工作。

　　看了十五页，显然是一个愚昧无知而又漫不经心的誊写人抄的，因为我很难理解它们的意思。在看了这十五页以后我把手伸进我的常礼服张开的口袋里，掏出我的鼻烟盒，但是这个如此自然的，几乎是本能的动作，这一次竟花费了我一点力气，甚至还使我感到一点儿疲劳；然而我还是打开了这个银盒子，从里面取出一撮香喷喷的粉末，粉末鼻子没闻到，都撒落在鼻子底下衬衫的整个硬胸上。我可以肯定，我的鼻子当时一定显示出它的失望，因为它非常富于表情。它曾经有好几次泄露我内心里藏得最深的思想，特别是在库汤斯公共图书馆的那一次，当时我在我的同行布里乌的眼皮子底下发现了天使圣母修道院的契据集①。

　　我有多么快乐！我这戴着眼镜的小而呆滞的眼睛什么也没有显露出来。但是布里乌只看了看我那因为快乐和骄傲而颤抖的蒜头鼻子，就猜到我有了一桩新发现。他注意我拿的那一卷，记下我离开时放它的地方，他紧跟在我后面去把它取来，偷偷地抄录，急急忙忙地发表，跟我开了一个玩笑。但是，他以为欺骗了我，其实是欺骗了他自己。他的版本里有许多错误，我指出其中的几个大差错，感到十分满意。

　　回过头来接着前面往下谈，我当时猜想一定是沉沉的睡意控制

---

① 库汤斯是法国芒什省大城市，该城市的天使圣母修道院十七世纪方才建成，因而不可能有契据集。契据集是中世纪教堂、修道院的全部土地契据的集子。

住我的头脑。我的眼睛底下有一份契据，如果我说出上面提到的是1212年卖给教士让·德·埃斯都维尔的一个家兔笼，每个人都能判断出它的意义。但是，我当时虽然感觉到它的重要性有多大，却没有把这样一件文献所迫切要求的注意给予它。我的眼睛，不管我怎么办，总是转向桌子的一侧，从学术观点来看，那个地方并没有放着任何重要的东西，只有一卷相当大的德文书，用母猪皮装订，封面上有铜钉子，书脊上有很厚的肋线棱。这是一部汇编的集子的漂亮版本，仅仅因为那些木刻插图而值得推崇，但是《纽伦堡编年史》①这个书名已经使它闻名遐迩。这卷封面微微张开的书，中间切口朝下地放着。

　　我不能说出，我的一双眼睛无缘无故地注视着这卷古老的对开本，已经注视了有多长的时间，忽然一个情况吸引住我的目光，这个情况是那么离奇，甚至一个像我一样完全缺乏想象力的人也一定会感到万分惊讶。

　　我突然看见一个小人儿坐在书脊上，却没有发现她是什么时候来的，她一条腿盘着，一条腿垂下来，有点像海德公园②或者布洛涅树林的那些骑马女人侧坐在马上的姿势。她是那么矮小，甚至她那只摇晃的脚都碰不到桌面，桌子上弯弯曲曲地摊着她的连衫裙的长后襟。但是她的脸和身形是成年人的。她的胸部丰满，腰身圆胖，不会使人对这一点产生怀疑，哪怕是一个像我这样的老学者。我还要不怕搞错地补充说，她长得非常美，神色极其高傲，因为我的肖像学研究使我长期以来习惯于辨认典型的纯正和相貌的特征。这位如此意外地坐在《纽伦堡编年史》书脊上的夫人，她的脸上流露出一种高贵里带着淘

---

① 指1483年在德国纽伦堡印的拉丁文本的世界编年史，编者为哈特曼·谢德尔，内容从开天辟地叙述到1480年。
② 海德公园：英国伦敦西部公园。

气的表情。她的神气像一位王后，不过是一位任性的王后。我单单从她的眼神就能判断出，她在什么地方十分任性地行使着极大的权力。她的嘴是专横的，讥嘲的；她的蓝眼睛在完美的弯弓形的黑眉毛底下，令人不安地笑着。我经常听人说黑眉毛与金发女人很相配，而这位夫人的头发恰恰是金黄色的。总之，她给人以高大的印象。

一个像酒瓶那么高的人儿，如果把她放在我的常礼服口袋里并不是一件不恭敬的事，放进去肯定会看不见，她给人的却正是高大的印象，说起来可能让人感到奇怪。但是，在坐在《纽伦堡编年史》上的夫人的大小尺寸里，有着一种如此高傲的苗条，有着一种如此庄严的和谐，她保持着一种如此自然而同时又如此高贵的姿态，以至她在我眼里显得很高大。她带着嘲弄的专心态度察看我的墨水瓶，就像她能预先看出应该从我的羽笔尖上冒出来的所有的字。虽然这个墨水瓶对她来说是一个深池塘，踩进去她的两侧有金色花纹的粉红色丝袜会一直染黑到袜带，但是我还是要对您说，她是高大的，活泼之中令人肃然起敬。

她的服装很适合她的相貌，极其华丽，包括一件金银丝织锦缎的连衫裙，一件灰鼠皮里子的珠光色天鹅绒披风，头上戴的是一种有两只角的圆锥形高帽，光泽美丽的珍珠使它像一弯新月那样明亮，那样发光。她那白皙的小手拿着一根小棍。特别是因为我的考古学研究使我能确实无误地辨认出传说中和历史中那些著名人物的标志，这根小棍更加引起我的注意。这种知识在这个机会里对我很有用处。我研究这根小棍，辨认出它是用榛树的一根细枝削成的。"这是仙女的一根小棍，"我对自己说，"因此拿着它的这位夫人是个仙女。"

认出了我与之打交道的人，我感到很高兴，我竭力集中思想，想对她说一句恭恭敬敬的恭维话。我得承认，如果我能够广征博引地和她谈谈她的同类，不论是在撒克逊民族和日耳曼民族中间，还是在西欧拉丁民族中间所担任的角色，我一定会感到满意。这样的一番论述，在我看来，是对这位夫人的一种巧妙的感谢方式，感谢她与她的同类一成不变的习惯相反，出现在一个老博学者的面前，而不是出现在天真的孩子和没有文化的村民面前。

"做了仙女，仍然是女人，"我对自己说，"既然雷卡米埃夫人[①]，正像我听 J. J·昂培尔[②] 先生说的，对她的美貌给通烟囱的孩子们留下的印象看得很重，那么，坐在《纽伦堡编年史》上这位超自然的夫人，毫无疑问，听了一位博学者旁征博引地，像论述一枚纪念币、一颗印章、一枚衿针或者一根筹子那样论述她，一定会感到满意。但是

---

① 雷卡米埃夫人（1777—1849）：法国贵夫人，拿破仑时代她的客厅里聚集着反拿破仑分子。复辟后她的客厅接待许多名人。
② J. J·昂培尔（1800—1864）：对法国中世纪文学颇有研究。他爱雷卡米埃夫人，与她有许多书信来往。

这个打算需要我的羞怯心作出极大的牺牲，因而确实变得没法实现了，因为我看到编年史上的夫人从挂在身子一侧的钱袋里迅速掏出一些我从来没有见过那么小的榛子，用牙咬开果壳，把果壳朝我鼻子上扔过来，果仁呢，她带着一个吃奶的小孩的那种严肃神态嚼着。

在这种情况下，我做了科学的尊严所要求做的事，我保持沉默。但是果壳使我感到痒得难受，我把手伸到鼻子上，使我大吃一惊的是，我这时候才发现我的眼镜架在鼻尖上，我不是通过镜片，而是从镜片上边看见这位夫人，这真是不可理解的事，因为我的眼睛在那些古老的文献上已经使用坏了，如果不戴眼镜，即使把一个西瓜和一个长颈大肚玻璃瓶放在我的鼻子跟前，我也分辨不清。

这个鼻子由于它的大小、形状和颜色而惹人注目，理所当然地引起了仙女的注意，因为她抓起我那枝像羽毛饰似的高高耸立在墨水瓶上的鹅羽笔，用它有毛的一头在我的鼻子上划来划去。过去跟客人在一起时，我偶尔也有机会去忍受那些年轻小姐的淘气行为；她们要我参加她们的游戏，隔着椅背让我亲她们的脸蛋儿，或者是要我吹熄一枝她们突然一下子举到我吹不到的高度的蜡烛。但是直到此时此刻，还从来没有一个女性让我去经受像我自己的羽笔的毛来戏弄我的鼻子的这种亲热的任性行为。幸好我记起了我的先祖父的教导，他经常说妇女不管干什么都是允许的，她们做的每一件事都是恩惠和宠爱。因此我像接受恩惠和宠爱一样接受榛子壳和羽笔的毛，我竭力露出笑容。非但如此，我还开口说话了！

"夫人，"我彬彬有礼而又态度庄严地说，"您把您的访问的荣幸不是赐给一个毛孩子，不是赐给一个庄稼汉，而是赐给一个图书管理人，他能够认识您而感到很高兴，他知道从前您曾经在马槽里弄乱母马的鬃毛，喝满是泡沫的碗里的牛奶，把一些使人痒痒的种子塞到老奶奶的背上，让壁炉的炉膛在老实人面前劈啪响，总之一句话，您给房子里带来混乱和欢乐。您还可以夸说您曾经在晚上的树林里怎样把那些留连忘返成双捉对的人吓得够呛。但是我相信至少有三个世纪您已经消失得无影无踪。在这个火车和电报的时代里，夫人，有可能见到您吗？我的女看门人年轻时当过奶妈，她不知道您的故事，而保姆还在给他擤鼻涕的我那个小邻居也断定您根本不存在。"

"您怎么认为呢？"她用银铃般的嗓音嚷起来，同时傲慢地挺直她那高贵的小身子，而且像鞭打希波格里弗①那样鞭打着《纽伦堡编年史》的书脊。

"我不知道。"我揉着眼睛回答。

这个回答带有极其科学的怀疑主义的烙印，对我的女交谈者产生了最可悲的影响。

"西尔维斯特·波纳尔先生，"她对我说，"您只是一个学究，我过去也一直这么猜想的。那些在街上走，从短裤缝里露出一截衬衣下摆的儿童，连最小的也比您那些科学院和研究所里所有戴眼镜的人更了解我。知道，什么也不是；想象才是一切。除了想象出来的东西，什么也不存在。我是想象出来的。我认为，这就是存在！人们梦见我，我出现了！一切都仅仅是梦，既然没有人梦见您，西尔维斯特·波纳尔，那就是说您不存在。我迷住了全世界；我处处都在，在一道月光上，在一泓隐藏着的泉水的颤栗里，在歌唱着的摆动的叶丛里，在每天清晨从草地的低洼处升起的白色的蒸气里，在粉红色的欧石南中间，处处都在！……人们看见我，人们爱我。人们跟随着我那使枯叶歌唱的脚步留下的轻微的痕迹叹息，颤栗。我使小孩子微笑，

---

① 希波格里弗：神话中的半马半鹰的有翅怪兽。意大利十六世纪诗人阿里奥斯托在叙事诗《疯狂的奥兰多》中曾经提到。

我把智力给予最笨拙的奶妈。我身子俯在摇篮上，我淘气，我安慰，我催眠，而您竟不相信我存在！西尔维斯特·波纳尔，您那件暖和的长棉外套里包着一头驴子的皮。"

她停住不说了。怒火鼓起了她的细巧的鼻孔，正当我不顾心头的恼恨，欣赏着这个小人儿英勇的愤怒时，她像把船桨伸进湖水一样，把我的羽笔伸进了墨水瓶，然后笔尖朝前地把它向我的鼻子上扔过来。

我揉了揉我觉得湿淋淋的全是墨水的脸。她已经不见了。我的灯已经熄灭；一道月光穿过窗玻璃，落在《纽伦堡编年史》上。我没有发觉曾经刮过一阵凉风，刮得羽笔、纸和封信用的小面团四处飞散。我的桌子上满是墨水迹。在风暴中我让我的窗子开着。多么冒失啊！

# 3

我曾经答应过，所以我写信给我的女管家，告诉她我平安无事。但是我很当心，没有把我晚上在藏书室里开着窗子睡觉，得了伤风这件事告诉她，因为这个善良的女人对我并不比议会对国王更注意谏诤的分寸。"在您这个年纪上，先生，"她会对我说，"怎么这么不懂事！"她头脑很简单，认为理智会随一个人的年纪增长而增长。在这一点上，她觉得我是一个例外。

对德·加布里夫人我没有同样的理由隐瞒我的奇遇，我把我做的梦从头到尾讲给她听。我讲得和我现在本日记簿里记的完全一样，和我睡着了梦见的完全一样。我不懂写小说的技巧。然而很可能在讲的时候和用笔记的时候，我在这儿那儿加了几个原来没有的情况，几句原来没有的话，这肯定不是为了歪曲事实，而宁可说是出于一种暗中的愿望，想把那些仍旧是模糊、难以理解的地方，弄清楚说明白，同时也许是屈服于对寓意的爱好，这种爱好是我童年时从希腊人那里接受来的。

德·加布里夫人毫无不快地听着我讲。

"您的幻象是可爱的，"她对我说，"需要有才智才能有这样的幻象。"

"这么说，"我回答，"当我睡着时我有才智。"

"当您做梦时，"她紧接着说，"而您永远在做梦！"

我清楚地知道，德·加布里夫人这么说，没有别的想法，仅仅是为了让我高兴，不过单这个心意就应该得到我的衷心感谢，我怀着感激的心情和愉快的回忆把她的这番心意记在这个本子里，我将一遍遍看它直到我离开人世，而且除了我不会让任何人看到它。

我把接下来的几天时间用来完成吕桑斯藏书室的手写本的清册编制工作。从保尔·德·加布里先生漏出的几句机密话，使我既感到惊奇又感到难过，我决定不再按照我开始时的方式进行我的工作。我从他嘴里得知，奥诺雷·德·加布里先生的财产长期以来管理不当，又受到他没有告诉我名字的一位银行家的破产连累，大部分损失殆尽，仅仅是以被抵押的不动产和坏账的形式，转让给前法兰西贵族院议员的继承人。

保尔先生和他的共同继承人取得一致意见，决定把藏书卖出去，我应该研究出尽可能有利可图的变卖办法。我是一个对一切生意买卖都完全外行的人，于是决定向我的一个做书商的朋友求教。我写信给他，请他到吕桑斯来找我，在等他来以前，我拿起手杖，戴上帽子，去参观主教管区里的教堂，其中有几座教堂藏有碑文，还不曾被人正确地抄录下来。

因此我离开了我的主人们，动身去朝圣。我整天考察教堂和公墓，拜访本堂神父和村里的公证文书誊写人，跟流动商贩和牲口贩子一起在客店里吃饭，睡在透着薰衣草香的被单里；整整一个星期在想着死人的同时，看到活人在完成每天的工作，我尝到了平静而又深沉的快乐。与我的研究目的有关的东西，我仅仅有了几件不太重要的发现，给我带来一种适度的，因而是有益于健康的，丝毫不使人疲劳的快乐。我抄录几篇有趣的墓志铭，在这笔小小的财富之外，我还增添了好几种农村特色的烹饪法，是一位好心的本堂神父殷勤地告诉我的。

带着这笔财富我回到吕桑斯，穿过房门前的大院时，内心感到满足得就像一个回到自己家里的有产者。这是我的主人们的善良造成的一个结果，我跨进他们的门槛时的感受，比任何推论都更能证明他们有多么殷勤好客。

我一直走进大客厅，没有遇见一个人，小栗树在那儿伸展着它的大叶子，我觉着它像是一个朋友。但是我接着在靠墙的小蜗形脚桌子上看见的东西，使我感到那么惊讶，以至我用双手把架在鼻子上的眼镜重新戴好，并且摸摸自己，为的是至少可以从表面上证实一下自己的存在。在一秒钟内我脑海里产生出二十多个想法，其中最站得住脚的想法是我发疯了。我看见的东西，在我看来，根本不可能存在，可是我不把它看成一件存在的东西又不可能。使我感到惊讶的那个对象，我已经说过，就停在上头有一面呈铅灰色、有锈斑的镜子的蜗形脚桌子上。

我从这面镜子里照见自己，我能够说我一生中只有这一次看见了最彻底的目瞪口呆的形象。但是我认为自己是对的，我同意我自己由于一件使人目瞪口呆的事而目瞪口呆。

我带着一种虽然经过考虑却并没有减弱的惊讶心情观察的对象，一动不动地任凭我观察。这个现象的持久和不变，排除了认为是幻觉的一切想法。我完全没有扰乱视觉的神经性疾病。造成这种疾病的原因一般是胃紊乱。谢天谢地！我有一个极好的胃。况且，视幻觉伴随着一些特殊的、不正常的情况，强烈地影响幻觉者本人，并且在他们心里引起一种恐惧。然而我没有感到一点类似的情况，我看见的东西，虽然本身不可能，却在自然的现实的各种情况下出现在我眼前。我注意到它有三维，有颜色，而且有影子！啊！我是怎样在观察它哟！泪水涌到我的眼睛里，我不得不擦擦眼镜的镜片。

最后我不得不屈服于事实，承认在我眼前出现的是仙女，有天晚上我在藏书室里梦见的那个仙女。这是她，是她，我向您保证！她还是那副不脱稚气的王后的神情，还是那种柔软而又高傲的身姿；她手上拿着榛木小棍；她戴着有两只角的圆锥形高帽，织锦缎的连衫裙的长后襟弯弯曲曲地围着她的一双小脚。同样的脸，同样的身材。这确实是她；为了使人不至于弄错，她还坐在和《纽伦堡编年史》完全相像的一本又老又大的书的书脊上。她一动不动，我的心放下一半，我真担心她又会从挂在腰间的钱袋里掏出榛子来，用榛子壳砸我的脸。

我的胳膊摇晃着，嘴张得老大，在那儿发了呆，忽然在我耳边响起了德·加布里夫人的声音。

"您在观察您的仙女，波纳尔先生，"我的女主人对我说，"嗯！您觉得她像吗？"

她说得很快；但是一边听着，我还是有足够的时间认出我的仙女是一只还不熟练的手凭着很高的审美力，怀着深厚的感情，用有颜色的蜡捏成的一尊小蜡像。得到这样合理解释的奇怪现象，就不再使我感到惊讶了。编年史上的夫人是怎样，又是经过谁的手化为物质存在的呢？这是我急于想知道的。

我朝德·加布里夫人转过身来，发现她不是一个人。一个穿着黑衣裳的年轻姑娘立在她身边。她有一双像法兰西岛①的天空一样柔和的灰色的眼睛，以及一种又聪颖又天真的表情。在她的略微有点瘦长的胳膊下面晃动着一双纤细的，但是红红的手，年轻姑娘的手正应该是这样。她穿着一件美利奴毛料的连衫裙，身材像一棵小树，亭亭玉立。她那张大嘴说明她心地坦率。我没法说出头一面这个女孩子就让我感到多么喜爱。她长得并不美，但是她的双颊和下巴上的三个酒窝在笑，她整个人还没有摆脱天真的傻气，使人感到说不出的正直和善良。

我的目光从小蜡像转向小姑娘，我看到她脸红了，但是红得那么

---

① 法兰西岛：法国古地区名，位于巴黎盆地中心，四面有塞纳河、瓦兹河、埃纳河和马恩河，故称为岛。

坦率，那么广泛，像一阵潮水似的涌现。

"嗯，"我的女主人对我说，她已经习惯了我的心不在焉，乐意地把同一句问话说了两遍，"这真是从您忘了关的窗子进来看您的那位夫人吗？她很放肆，可是您也很坦率。总之您认出她来了吗？"

"这是她，"我回答，"我重新又在这张小桌上看见的她，和我在藏书室的桌子上看见的她完全一样。"

"如果这样的话，"德·加布里夫人回答，"这种相像首先要怪您自己，虽然您正像您自己说的，是一个完全缺乏想象力的人，却能够把您的梦描绘得十分生动；其次要怪我，是我记住您的梦，而且能够准确无误地讲出来；最后，特别要怪让娜小姐，是她按照我明确的指示，捏出您看见的这个蜡人。"

德·加布里夫人在她说着的时候，握住年轻姑娘的手，但是她挣脱出来，逃到大花园里去了。

德·加布里夫人喊她。

"让娜！……怎么可以这么怕生！过来让我骂您几句！"

但是白费力气，那个害臊的姑娘消失在叶丛里。德·加布里夫人在扶手椅上坐下，这间破败不堪的客厅里只剩下这一把扶手椅。

"如果我丈夫还不曾和您谈过让娜，"她对我说，"我一定会感到很奇怪。我们非常爱她，她是个非常好的孩子。请您说真话，您觉得她的小蜡像怎么样？"

我回答说，这是一件充满智慧和审美力的作品，但是作者缺乏学习和实践；此外，年轻的手指这样地在一个老头儿的底布上绣花，这样出色地绣出了一个上了年纪、说话颠三倒四的人的梦，确实使我极为感动。

"我这样征求您的意见，"德·加布里夫人接着说，"是因为让娜是个可怜的孤儿。您认为她能够靠做这样的小蜡像赚点钱吗？"

"这个么，不行！"我回答，"而且这也没有什么值得太惋惜的。这位小姐，据您说，是个多情、温柔的人；我相信您的话，我也能从她脸上看出。艺术家的生活有着许多引诱，会使禀性宽厚的人越出规矩和分寸。这个年轻的人儿是用充满爱情的黏土捏成的。让她结婚吧。"

"可是她没有陪嫁财产！"德·加布里夫人回答我。

接着略微压低了一点声音：

"对您，波纳尔先生，我可以全说出来。这个孩子的父亲是一个很出名的银行家。他的生意做得很大。他富有冒险精神，很能吸引人。这不是一个不正直的人；他在欺骗别人之前，先欺骗了自己。也许最大的本领就在于此。我们和他保持着经常往来的关系。他把我们，我的丈夫，我的伯父，我的表兄弟，全都迷住了。他的垮台来得很突然。在这场灾难中，我的伯父的财产——保尔告诉过您——损失了四分之三。我们遭受的损害要小得多，再说我们又没有孩子！……他在破产后不久就去世了，什么也没有留下。正是这一点使我说他是个正直的人。您一定知道他的名字，他的名字在报纸上经常出现：诺埃尔·亚历山大。他的妻子非常可爱，我相信她从前一定很漂亮。她有点喜欢出风头。但是她丈夫破产以后，她表现出勇敢和尊严。他死了一年后她也去世了，把让娜一个人留在世上。她一点也未能把她的个人财产保住，她的个人财产数目相当大。诺埃尔·亚历山大夫人娘家姓阿利埃，是纳韦尔的阿希尔·阿利埃的女儿。"

"克莱芒蒂娜的女儿！"我叫了出来。"克莱芒蒂娜死了，她的女儿也死了！人类几乎全部由死人组成，因为活着的人，与许许多多曾经活过的人相比，是多么少。这种比人的短促的记忆还要短促的人生，到底是怎么回事啊！"

我心里默默地祷告：

"从您今天所在的地方，克莱芒蒂娜，看看这颗现在已随着衰老而冷却的心，但是它的血从前曾为您沸腾过；您说说看，它一想到要去爱您在世上留下的骨肉，会不会立刻就恢复活力。一切都在过去，既然您和您的女儿，你们已经过去；但是生命是不朽的；在它不断更新的外形里应该爱的正是它。

"我过去和我的那些书，就像孩子玩蹦骨游戏。我的生命在它最后的日子里有了意义，有了重要性，有了存在的理由。我是祖父。克莱芒蒂娜的外孙女是贫穷的。我不愿意让别人而不是我来帮助她成家，供给她陪嫁财产。"

看到我流泪，德·加布里夫人慢慢地走开了。

# 4

巴黎，4月16日

圣德罗克多维，还有圣热尔曼·德·普莱修
道院那些最初的院长，他们吸引住我的注意力已
经有四十年之久，但是我不知道在我去找他们以
前是否能写完他们的历史。我早已经老了。去年
有一天在艺术桥上，我的法兰西研究院的一位同仁在我面前谈起人老
后的烦恼。圣佩韦[①]回答了他："这还是至今所能找到的延年益寿的唯
一办法。"我使用了这个办法，我知道它的价值。遗憾的并不是拖得
太长久，而是看到周围的一切人都在消失。母亲、妻子、朋友、孩
子，大自然怀着一种令人沮丧的冷漠态度制造了这些神圣的财富，又
把他们毁灭；到最后我们爱过的，拥抱过的只是一些幽灵。但是有些
幽灵是那么温柔！如果说曾经有过一个女人像幽灵似的掠过一个男人
的生活，这就是当我自己也是一个年轻男人时（现在看起来简直不可
置信），我爱过的那个年轻姑娘，然而对这个幽灵的回忆在今天还是
我的生活中最美好的现实之一。

罗马地下墓地，一个基督教徒的石棺上有一句诅咒话，我随着时
间的推移才逐渐了解它的可怕的含义。这句话是，"如果有哪个罪人
偷挖这座墓葬，让他在他的亲人中间最后一个死掉！"[②]我以考古学者
的身份，打开过坟墓，翻动过遗骸，为了收集破布片、金属饰物和混
在这些遗骸里的宝石。我出于学者的好奇心做这件事，这种好奇心中
并不缺乏尊敬和虔诚的心情。被使徒们那些最初的门徒之一刻在一位

---

① 圣佩韦（1804—1869）：法国文学批评家，作家。重要的文艺批评著作有《文学家
画像》《星期一谈话》等。
② 作者是在引用自己的话，他在自己写的一首叫《达佛涅的悼诗》中就有相似的两句诗。

殉教者的坟墓上的诅咒，但愿它永远别降临到我的头上！但是它又怎么能伤害到我呢？只要地球上有人，我就不应该害怕比我的亲人活得长久，因为总有可以去爱的人。

唉！爱的能力像世人的其他各种力量一样，随着年龄的增长逐渐减弱、消失。有先例可以证明这一点，也正是这一点使我感到害怕。难道我确信我自己还没有遭受这个巨大的损失吗？如果没有一次使我恢复青春的、幸福的相遇，我肯定要遭受它了。诗人们谈到青春之泉：它存在，它随着我们每一个脚步从地底下喷射出来。而人走了过去，并不去喝它！

自从我找到克莱芒蒂娜的外孙女以后，我这不再有用处的生命，又有了意义，又有了存在的理由。

今天，我正像普罗旺斯<sup>①</sup>人说的，在孵太阳；我是在卢森堡公园<sup>②</sup>的平台上，玛格丽特·德·纳瓦拉<sup>③</sup>的雕像底下孵太阳。这是春天的太阳，像新酿的葡萄酒一样醉人。我坐着，在遐想。我的思想从我的脑袋里冒出来，正如泡沫从啤酒瓶里冒出来一样。它们是轻的，它们冒着气泡，使我觉着有趣。我在梦想；这对一个出版过三十卷古文献，为《学者报》<sup>④</sup>撰稿有二十六年之久的老人来说，我想，也是允许的。我对我自己尽可能好地完成了我的工作，充分地发挥了大自然赋予我的平庸才能，感到十分满意。我的努力并不完全是徒劳无功的；历史工作的复兴将永远是这个动荡不安的世纪的光荣，我尽了绵薄之

---

① 普罗旺斯：法国古省，包括现在的罗讷河口、沃克吕兹、瓦尔等省。
② 卢森堡公园：巴黎的一个公园。
③ 玛格丽特·德·纳瓦拉（1492—1549）：纳瓦拉王国王后，法国女作家。作品有《七日谈》，反映十六世纪前半期法国社会各阶层的动态。
④ 《学者报》：从1665年起一直存在的报刊，在法朗士写作时代，由国家印刷局编辑出版。

力，作出了贡献。我将肯定被列在向法兰西展示它的古代文献的十至十二名博学者之中。我刊印的戈蒂埃·德·科安西[①]的诗歌作品，开创了一种合理的方法，是划时代的。我是在暮年严肃的平静中给予自己这种理应得到的奖赏的，天主看到我的灵魂深处，他知道在我给予自己正确评价时，骄傲或者虚荣心是否起过一丝半点的作用。

但是我疲乏，我的眼睛模糊，我的手发抖，我从荷马的那些老人身上看到自己的形象，衰弱使他们脱离了战斗，他们坐在壁垒上，像叶丛里的知了一样提高他们的嗓门。[②]

我的思想正这样发展着，有三个年轻人吵吵闹闹地在我附近坐下。我不知道他们是不是每个人都像拉封丹的猴子那样乘三条船来

---

① 戈蒂埃·德·科安西（1177—1236）：法国诗人，修士，宗教诗的作者。
② 古希腊诗人荷马的史诗《伊利亚特》第三章，叙述特洛伊战争时有这样几句诗："他们的衰老使他们脱离了战斗；但是作为爱好高谈阔论的人，他们是举世无双的，简直就像一些知了在树林里，歇在一棵树上，让人听见它们像百合花一样温柔的嗓音。"

的①，但是可以肯定的是他们三个人占据了十二张椅子。我高高兴兴地观察他们，并不是因为他们有什么非常特殊的地方，而是因为我从他们身上发现了对青年人来说是非常自然的那种勇敢、快乐的神情。他们是学生。也许我是凭他们的相貌的特征，而不是凭他们手里拿的书本肯定这一点的。因为所有忙于精神事物的人，一眼就能根据一种说不清他们之间的共同东西，互相辨认出来。我非常爱年轻人，这几个年轻人虽然有着一些使我清楚地回忆起我求学时代的、挑衅的和粗野的作风，我还是喜欢他们。然而他们不像我们一样蓄着垂落在天鹅绒短上衣上的长发；他们不像我们一样散步时衣服上缀有骷髅头图案；他们不像我们一样高声喊叫："该死，下地狱！"他们衣冠端正，不论是服装还是语言，都丝毫不去摹仿中世纪。我还应该补充说，他们关心在平台上走过的女人，他们用相当强烈的措词对她们中的一些人评头论足。但是他们在这个题目上的意见并没有使我听了非得远远离开不可。况且，青年人用功读书，我允许他们有机会就乐一乐。

他们中间的一个不知说了一句什么色情笑话。

"这是什么意思？"三个人中年纪最小，头发最棕的一个叫起来，带着点加斯科尼②口音。"研究活材料的应该是我们这些生理学家。至于您，热利，您和所有您那些古文献档案学家同行一样，仅仅生存在过去之中，您去研究这些石头女人吧，她们是您的同时代人。"

他用手指着那些古代法兰西的贵妇的雕像，她们全是白颜色，围成半圆形，矗立在平台的树下。这个本身毫无价值的玩笑话，至少告

---

① 拉封丹的寓言诗《猴子和豹》里，猴子招揽观众观看表演，吹嘘自己是乘三条船进城的。
② 加斯科尼：法国西南部旧省名。

诉我，那个被人叫做热利的人是巴黎文献学院①的学生。从接下来的谈话里我知道了他身边的那个头发金黄，脸色苍白得不能再苍白，沉默寡言但说起话来又尖酸刻薄的人是布尔米埃，他的同学。热利和未来的医学博士（我祝愿他有一天能成为医学博士）在一起高谈阔论，既富于想象，又富于热情。在上升到最高度的思辨以后，他们玩弄字眼，说出风趣的人所特有的那些蠢话；也就是说一些特大的蠢话。我不需要补充说，他们只同意支持最骇人听闻的悖论。好极了！我不喜欢太有理性的年轻人。

学医的大学生看到了布尔米埃拿在手上的那本书的书名。

"瞧！"他对布尔米埃说，"你，你在看米什莱②！"

"是的，"布尔米埃严肃地回答，"我喜欢看小说。"

热利以他漂亮的瘦长身材、专横的手势和敏捷的口才胜过他们，他拿过书来，翻了翻，说：

"这是最新风格的米什莱，最好的米什莱。不再有叙述！有的是愤怒、昏厥，为了他不屑于陈述的事实而发作的癫痫。有的是小孩子的叫喊，孕妇的古怪愿望！有的是叹息，却没有一个完整的句子！这真令人惊讶！"

他把书还给他的同学。"这种疯狂是很有趣的，"我对自己说，"并不像看上去那么缺乏道理。因为在我们伟大的米什莱最近的作品里，确实有一点激动，甚至我要说，有一点儿紧张。"

但是普罗旺斯籍大学生断言历史学是一种完全值得蔑视的修辞学

---

① 巴黎文献学院：以培养档案管理、文献鉴定和图书管理人才为宗旨的学校，校址在巴黎沼泽天堂街。
② 米什莱（1798—1874）：法国历史学家，作家。著作有《法国史》《法国革命史》等。在他的 1855 年至 1867 年出版的后几卷《法国史》里出现了政治论战的风格。

练习。照他看来，唯一真正的历史是人类的自然史。米什莱当他接触到路易十四的肛瘘时，走在正确的道路上①，但是他紧接着又重蹈覆辙。

在表达了这种高明的见解以后，年轻的生理学家去会合一群路过的朋友。公园离沼泽天堂街太远，两个文献学家熟悉的人比较少，他们俩留下来，开始谈论他们的学习。热利读完了第三学年，正在写论文，他怀着一种青春的热情叙述他的论文的主题。说真的，这个主题我觉得很好，特别是因为我最近认为自己应该论述其中的一个重要部分，就更觉得好了。这个主题是 Monasticon gallicanum②。年轻的博学者（我这么称呼他是作为一个预兆）想说明一下 1690 年前后为堂热尔曼③的作品雕刻的所有版画，这部作品如果没有人们无法预料而又永远避免不了的、难以克服的障碍，早就印行了。堂热尔曼至少在临死前留下了他的完整的、整理得非常整齐的手稿。我将来也能把我的手稿处理得同样好吗？但这不是谈论的问题。热利先生，就我可能理解的，打算给堂热尔曼那些谦卑的雕刻匠刻出的每一座修道院的图形加一段考古学的说明。

他的朋友问他是不是看过所有与他的主题有关的手写的和印刷的文献。这时候我竖起了耳朵。他们先谈到一些原始资料，我应该承认他们谈得相当有条理，尽管有多不胜数的让人生厌的文字游戏。接着他们又谈到了当代评论家的著作。

---

① 路易十四（1638—1715）是法国国王。1860 年出版的《法国史》第十三卷第二十五章内米什莱写道："有怎样的国王，就有怎样的法国，他的健康状况的每一个变化都给它带来影响……"
② 拉丁文："高卢修道院"。
③ 堂热尔曼："堂"在此处是对本笃会修士的尊称。热尔曼是十七世纪人，《高卢修道院》的作者，他为此书收集了许多版画，但生前未能出版。

"你看过库拉若<sup>①</sup>的评论吗？"布尔米埃说。

"好！"我对自己说。

"看过，"热利回答，"这是态度很认真的作品。"

"你看过塔米赛·德·拉罗克<sup>②</sup>在《历史问题杂志》上发表的文章吗？"布尔米埃说。

"好！"我第二次对自己说。

"看过，"热利回答，"我在里面找到了一些有用的指示。"

"您看过西尔维斯特·波纳尔的《一六○○年本笃会修道院概述》吗？"布尔米埃说。

"好！"我第三次对自己说。

"我的天主！没有看过，"热利回答，"我不知道我会不会看它。西尔维斯特·波纳尔是一个蠢货。"

我转过头去，看见阴影已经扩展到我待的地方。天转凉了，我认为自己冒着得风湿病的危险，听两个自命不凡的年轻人出言不逊，未免太傻了。

"啊！啊！"我一边站起来，一边对自己说，"让这个饶舌的小鸟去做他的论文，并且进行答辩吧。他会遇到我的同行基什拉<sup>③</sup>或者其他教授来向他指出他的乳臭未干。我恰如其分地叫他小无赖。像我此时此刻这样仔细想一想，他说的关于米什莱的那番话确实超出了限度，令人无法容忍。居然这样谈论一位才华横溢的老前辈！真可恶！"

---

① 库拉若（1841—1896）：法国艺术史家。他根据唐热尔曼的目录整理了有版画插图的《高卢修道院》，于1869年出版，在这之前，该书虽也曾出版过，但插图混乱，甚至掺进了不相干的插图。
② 塔米赛·德·拉罗克（1828—1898）：法国文献学家。
③ 基什拉（1814—1882）：法国考古学家，古代手写本鉴定家。

"泰雷丝，把我的新帽子，最好的那件常礼服，还有那根银球柄手杖拿给我。"

但是泰雷丝耳朵聋得像一袋煤，动作慢得像司法部门。上了年纪是主要原因。最糟的是她还认为自己听觉敏锐，腿脚灵便；而且为了六十年忠诚的仆役生涯，她感到骄傲，以一种警惕性极高的专横态度服侍她的老主人。

我对您说了什么？……她现在不愿意把我的银球柄手杖给我，是怕我把它丢了。说真的，我经常把雨伞和手杖忘在公共马车上和书店里。但是今天我有正当理由使用我的老白藤手杖，手杖的银球柄上刻出的图像是堂吉诃德①手执长矛，跃马冲向风车，而桑丘·潘沙双臂朝天举着，徒然地请求他停下。这根手杖是我从我的舅父维克多上尉的遗产里得到的唯一的一样东西，他生前更像堂吉诃德而不像桑丘·潘沙，他天性喜欢殴斗，就像一般人天性害怕殴斗一样。

三十年来每逢为了值得纪念的事或者隆重的事出门，我都拿着这根手杖，老爷和侍从的那两个小小的像启发我，给我出主意。我相信听见他们在说话。堂吉诃德对我说：

"坚定不移地想着那些伟大的事，要知道思想是世界上唯一的现实。把大自然提高到你身高的高度，让整个宇宙对你来说只是你英勇的灵魂的反光。去为荣誉战斗，只有这个配得上一个男子汉，如果你受伤，把你的鲜血像甘露一样洒出去，而且面带微笑。"

---

① 堂吉诃德：西班牙作家塞万提斯（1547—1616）的同名小说的主人公，他是一个乡绅，与他的仆人桑丘·潘沙性格完全相反。主人耽于幻想，仆人处处求实；主人急公好义，仆人胆小怕事。

接下来轮到桑丘·潘沙对我说：

"安于天命吧，我的朋友。愿你喜欢在你的褡裢里变干的面包头，胜过在老爷厨房里烤着的雪鹀。服从你的主人，不论他是明智的还是疯狂的；别往你脑子里塞进太多的无用的事。要害怕殴斗；寻找危险就是试探天主。"

但是，无与伦比的骑士和他的天下无双的侍从既是出现在这根棍子头上的图像，也真实地出现在我的内心深处。我们每个人的心里都有一个堂吉诃德和一个桑丘，我们倾听他们的话，即使桑丘把我们说服了，我们还是应该钦佩堂吉诃德……但是别再啰唆啦！让我们为了一件超出日常生活范围的事上德·加布里夫人家去吧。

同日

我发现德·加布里夫人已经穿好黑衣服，正在戴手套。

"我准备好了。"她对我说。

准备好了，我发现她遇到任何做好事的机会总是做好了准备。

我们走下楼梯，乘上马车。

我不知道我当时担心打破沉默会驱散什么神秘的影响，但是我们沿着宽阔荒凉的林荫大道前进，一言不发地望着铺子里等着办丧事的顾客来购买的十字架、做墓碑用的短石柱和花圈。

出租马车停在活人世界的最后边界，那座上面刻着一些希望的话的大门前面。

我们先沿着一条柏树林荫路走，接着走上一条修筑在坟墓之间的狭窄小路。

"在这儿。"她对我说。

在装饰着倒火炬的檐壁上刻着这个碑文：

阿利埃家族和亚历山大家族

一道栅栏门封住墓园的入口。墓园里面有一个盖满玫瑰花的祭坛，上面立着一块大理石牌子，从牌子上刻着的人名中我看到了克莱芒蒂娜和她女儿的名字。

我当时的感觉是一种既深邃又模糊的感觉，只有用一曲美妙的音乐才能把它表达出来。我听见一些声音轻柔动听的乐器在我衰老的心灵里奏响。一曲挽歌的庄重的和弦中，混杂着一支爱情赞美曲的低沉的音符，因为我的心灵把现时的忧伤的严肃和过去的亲密的欢欣混合在同一种感情里。

离开德·加布里夫人使它充满了玫瑰花香的这座坟墓以后，我们默默无言地穿过公墓。等我们重新来到活人中间，我开口说话了。

"当我跟随您走在那些寂静无声的小径时，"我对德·加布里夫人说，"我想到了传说在生与死的神秘的交界处会遇到的那些天使。您领我去的那座坟墓，我对它一无所知，正如我对几乎所有与安眠在亲人之中的她有关的事一样一无所知。它却重新在我心里唤回了一些情感，这些情感在我的一生中是绝无仅有的，而且在我这如此晦暗的一生中，好像是一道照在一条黑暗道路上的阳光。阳光随着路程的延长渐渐远去；我现在几乎是在最后的一个斜坡底下，然而我每次回过头去都看见同样强烈的光芒。回忆涌现在我心灵里。我像一棵老橡树，疙疙瘩瘩，长满苔藓，它摇动它的树枝，惊醒了一窝窝鸣禽。不幸的是我的小鸟唱的歌像世界一样古老，只可能让我一个人听了高兴。"

"这个歌会把我迷住的，"她对我说，"请把您的回忆讲给我听听，把我当成一个老妇人来跟我谈谈吧。我今天早上在我的头发里发现了三根银丝。"

"请别带着惆怅看到它们出现，夫人，"我回答，"时间仅仅对那些温存地对待它的人是温存的。在漫长的年月里，当您那中间分开、紧贴两鬓的黑发染上微微的一点银霜时，您将具有一种新的美，虽然没有原来的美那么强烈，但是更动人。您在结婚时曾把您的黑鬈发送给您的丈夫，他像圣物一样装在小盒里挂在胸前，您将看到他像欣赏您的黑鬈发一样欣赏您的白发。这些林荫大道宽阔，行人稀少。我们可以自由自在地边走边谈。我将先告诉您我是怎么认识克莱芒蒂娜的父亲的。但是您别指望听到什么离奇的事，不平常的事，否则您就会大大地感到失望。

"德·莱塞先生住在天文台大街，一座老房子的三层楼上。这座房子的装饰着古代半身像的、用灰泥粉饰的正面，还有它的荒芜的花园，是留在我那双孩子的眼睛里的最初印象；毫无疑问，当那不可避免的一天来临时，它们将最后钻到我沉重的眼皮底下。因为我是出生在这座房子里的；我是在这片花园里玩耍时学会了去感觉和认识这个古老世界的一些微小部分。迷人的时刻，神圣的时刻！崭新的心灵发现为了它而充满温存的光辉和神秘的魅力的世界。因为事实上，夫人，世界仅仅是我们的心灵的反映。

"我的母亲是一个天赋极高的女人。她像小鸟一样和太阳一同起来，她操持家务的本事，母性的本能，经常不断想唱歌的需要，还有我尽管很小，却已经能够清楚地感觉到的一种轻盈的妩媚，使得她和小鸟十分相像。她是家里的灵魂，她使家里充满了她那有条不紊的、兴高采烈的活动。我的母亲是急性子，而我的父亲偏偏是个慢性子，我还记得他那张平静的脸，上面不时掠过一丝嘲弄的微笑。他很劳累，他爱他的劳累。他坐在窗边那把大扶手椅上，从早到晚不停地看书，我就是从他那儿得来的对书籍的爱好。在我的藏书室有一本马布利<sup>①</sup>和一本雷纳尔<sup>②</sup>，上面有他从头到尾亲笔加的注释。决不要指望他过问世上的任何事。我母亲使用一些好心好意的"诡计"，企图把他从他的休息中拖出来，他温和地摇摇头，这不屈不挠的温和态度正是性格软弱的人的力量。他让这个可怜的女人感到失望，她完全不能理解这种沉思冥想的明哲，对人生她只懂得每日的操劳和每时的愉快劳动。她相信他病了，担心他的病会越来越重。但是他的冷漠有另外一个原因。

"我的父亲 1801 年进入海军部办公室，在德克雷<sup>③</sup>手下工作，表现出真正的行政人员的才干。当时海军部里事务繁忙<sup>④</sup>，我的父亲1805 年成为第二行政司长。部长曾经把他推荐给皇帝，也就是在这一年皇帝向他要一份关于英国海军组织的报告。这件工作，连编写人自己也不知道，渗透着深刻的自由精神和哲学精神，到 1807 年，也就是在海军元帅维尔纳夫在特拉法加尔战败以后将近一年半才完成。拿破仑从这个不祥的日子起，再也不愿意听人提到一艘军舰，他怒气冲冲地翻阅这份备忘录，一边把它扔进炉火里，一边叫喊，'废话！废话！'有人告诉我的父亲，皇帝当时怒火是那么大，手稿扔到壁炉里，还用靴子到火里去踩了又踩。况且，他养成了习惯，一生气

① 马布利（1709—1785）：法国哲学家，主要著作有《就自然秩序提出的疑问》《论法制》等。他宣扬一种空想共产主义来医治富裕国家的弊病。
② 雷纳尔（1713—1796）：法国哲学家，他的著作《欧洲人在西印度的机构和商业的哲学和政治史》，因反殖民主义、反教会而迫使他流亡国外。
③ 德克雷：拿破仑帝国时代的法国海军部部长。
④ 拿破仑皇帝 1804 年筹办舰队做入侵英国的准备。但是，维尔纳夫元帅率领的法兰西联合舰队，1805 年，在西班牙特拉法加尔角被纳尔逊率领的英国舰队打败，拿破仑的计划也无法再实现。

就用脚去拨火，直到靴底被烧焦为止。

"我的父亲在这次失宠后就再也没有翻过身来。他为了把事情办好所做出的努力徒劳无益，这肯定是他后来陷入冷漠态度的原因。不过拿破仑从厄尔巴岛①回来以后，派人把他召来，指派他用爱国主义精神和自由精神起草致海军的公告和通报。滑铁卢战役以后，我父亲的悲伤超过惊愕，他退居一旁，也没有受到司法机关追究。不过人们还是一致认为他是个雅各宾党②，一个喝血者，一个不可交往的人。我母亲的哥哥，步兵上尉维克多·玛尔当，在1814年改为支半饷，1815年遭到遣散，他态度不好，更加重了帝国垮台给我们造成的那些困难。维克多上尉在咖啡馆和舞厅里叫喊波旁家族把法国出卖给了哥萨克。他不论遇到什么人都把藏在帽子衬里上的一个三色帽徽露出来让人看。他到处招摇地拿着一根手杖，手杖的圆柄在车床上车过，投下的影子是皇帝的侧面像。

"如果您没有看过夏莱③的一些石版画，夫人，您就不可能想象出，维克多舅舅穿着紧腰身、有肋形胸饰的常礼服，胸前佩戴着荣誉勋章和紫罗兰花，风度极其优雅地在杜伊勒利宫的花园里散步时，会有怎么样的一副相貌。

"无所事事和纵酒使他的政治热情变得极其低级庸俗。他侮辱他看见在看《每日新闻》和《白旗报》④的人，逼着他们和他决斗。他

---

① 厄尔巴岛：意大利托斯康群岛中的最大岛屿，1814年欧洲反法联军攻陷巴黎，拿破仑皇帝被放逐到厄尔巴岛。1815年2月26日他从该岛逃出，3月1日在法国南部海岸登陆，率军向巴黎进攻。3月20日进占巴黎，重掌政权。
② 雅各宾党：十八世纪法国资产阶级革命时期，有一个会址设在巴黎雅各宾修道院的政治组织，被称为雅各宾俱乐部，实行了革命民主专政，其成员称为雅各宾党，后用来称呼反对君主政权的资产阶级革命党人。
③ 夏莱（1792—1845）：法国石版画家。他绘制了拿破仑帝国时代的许多历史画，获得极大成功。
④ 《每日新闻》和《白旗报》都是复辟时期的极端保王党报纸。

就这样为了在决斗中打伤了一个十六岁的孩子而感到痛苦和惭愧。总之，我的舅舅维克多完全跟一个明智的人相反；他每天都上我们家吃中饭和晚饭，他的坏名声也影响到我们家。我可怜的父亲由于他这位客人的越轨的言行，感到难以忍受的痛苦，但是他心地善良，一言不发地让他的家门向上尉敞开着，上尉反而因此打心眼里看不起他。

"我讲给您听的这些事，夫人，我还是后来经人解释才明白的。但是我的上尉舅舅当时在我心里激起最纯洁的热情，我下定决心要使自己有一天尽可能地像他。有天早上，为了开始学他，我把手叉在腰上，像个异教徒那样满口渎神的粗话。我善良的母亲给了我一个耳光，她出手那么敏捷，打得我愣了好一会儿才大声哭出来。我至今还能看见那把乌得勒支①天鹅绒的旧扶手椅，那一天我在它后面流下的泪珠数也数不清。

"我当时还很小。一天早上，我的父亲按照他的习惯，把我抱在怀里，朝我微笑，微笑里带着一点讥嘲，正是这种讥嘲使得他那始终不变温和态度有了一种辛辣的意味。我坐在他的膝头上，玩弄着他灰白的长头发，他对我讲了一些我听了不很明白的话，但是正因为这些话很神秘，我才非常感兴趣。我相信，不过不能十分肯定，那天早上他根据歌词讲小伊夫托国王②的故事给我听。突然间我们听见一个巨大的响声，玻璃被震得嘎嘎响。我的父亲松开手，任我滑落到他脚边；他双臂伸开，颤抖着在空中挥动。他的脸表情呆滞，完全发白，一双眼睛睁得老大。他试图说话，但是他的牙齿在打战。最后他低声

---

① 乌得勒支：荷兰中部城市。
② 伊夫托国王：伊夫托是法国塞纳-滨海省的一个小城市。伊夫托国王是传说中统治伊夫托的人物，性情乐观，爱好和平，心地善良。法国诗人贝朗瑞1813年写过一首叫《伊夫托国王》的歌谣，讽刺拿破仑。

说:'他们把他枪毙了!'我不知道他想说什么,但是感到了一种莫名其妙的恐怖。我后来才知道他说的是奈依元帅[①];1815年12月7日奈依元帅在一片紧靠着我们房子的空地的围墙边倒下去了。

"大概就在那时候,我常常在楼梯上遇见一位老人(也许他还不很老),一双黑色的小眼睛在黝黑、呆板的脸上发光,显得特别炯炯有神。我觉得他不像活人,或者说我觉得他至少不是和别人一样地活着。我的父亲曾领我上德农[②]先生家去过,我在德农先生家看见从埃及带回来的一具木乃伊;我真心地相信德农先生的木乃伊在没有人的

---

① 奈依元帅(1769—1815):法国元帅,被拿破仑封为莫斯科瓦亲王,是拿破仑最著名的亲信。百日王朝期间协助拿破仑作战。波旁王朝复辟后被判处死刑。执刑地点就在巴黎天文台大街。

② 德农(1747—1825):法国版画家、外交家。在路易十六统治下曾赴俄国、瑞士担任外交职务,资产阶级革命中被大卫从断头台上救下,后获拿破仑信任,陪同远征。担任博物馆管理局局长,筹办卢浮宫展览馆。他安度晚年的房屋,巴黎伏尔泰沿河街九号,后来是法朗士的父亲开书店的地址(1853)。法朗士1890年在一篇关于德农的文章里说德农的玻璃柜里曾经放着一只木乃伊小脚。

时候会醒过来，爬出镀金棺材，穿上浅褐色上衣，戴上扑了粉的假发，这时候就成了德·莱塞先生。甚至到了今天，亲爱的夫人，尽管我认为这个意见毫无根据，不再相信，我还是应该承认，德·莱塞先生非常像德农先生的木乃伊。这就足以解释这个人物为什么在我心里引起难以置信的恐怖。

"其实德·莱塞先生是一个小贵族和一个大哲学家。他是马布利和卢梭[①]的信徒，自认为没有任何偏见，这种自负本身就是一种很大的偏见。夫人，我和您谈的是一个过去时代的同时代人。我担心我不能说得让您理解，我肯定我不能引起您的兴趣。这离我们已经那么遥远！但是我尽可能缩短；况且，我也不曾向您保证过有什么有趣的东西，而且您也不可能指望在西尔维斯特·波纳尔的生活里有不寻常的经历。"

德·加布里夫人鼓励我继续讲下去，我于是就像下面这样讲下去：

"德·莱塞先生对男人很粗暴，对妇女却彬彬有礼。他吻我母亲的手，共和国和帝国时代的风尚已经没有这种献殷勤的习惯。从他身上我接触到路易十六[②]的时代。德·莱塞先生是地理学家，我相信没有一个人会像他因为关心我们地球的外形而显得那么骄傲。他在旧制度时曾经以哲学家的身份研究农业，就这样把他最后一阿尔邦[③]的田地都浪费光。等到他连一块属于自己的泥土都没有了以后，他去占有整个地球，根据一些旅行者的叙述，画了大量的地图。他因为受到纯而又纯的百科全书精髓的养育，所以不满足于仅仅把人类分别安置在

---

① 卢梭（1712—1778）：法国启蒙思想家，哲学家，文学家。他的思想积极影响了法国资产阶级革命。
② 路易十六（1754—1793）：法国国王，1774 年登上王位。在位时法国封建制度危机深重。1789 年爆发资产阶级革命，1792 年被废黜。次年一月被处死。
③ 阿尔邦：法国旧时土地面积单位，一阿尔邦相当于二十至五十公顷。

某一个经度和某一个纬度的多少度、多少分、多少秒。唉！他关心他们的幸福！应该经常注意到，夫人，那些关心民众幸福的人，往往使得自己的亲人非常不幸。德·莱塞先生是伏尔泰①派的保王党人，这种人当时在前贵族中间很普遍。他是比达兰贝尔②更大的几何学家，比让-雅克③更大的哲学家，比路易十八④更大的保王党人。但是他对国王的爱和他对皇帝的恨相比，就算不了什么。他参加过乔治⑤反对首席执政的阴谋；预审时也许是不了解他的情况，也许是不把他放在眼里，他没有被列入被告之中；他遭到这个不公正对待，永远不能饶恕波拿巴⑥，他把波拿巴叫作科西嘉的吃人巨妖，他说换了他连一团军队也不会交给波拿巴，因为他觉得他是一个拙劣的军人。

"在1813年，鳏居多年的德·莱塞先生在五十五岁左右的年纪上，娶了一个很年轻的女人做妻子。这个很年轻的女人是他雇用来绘制地图的，她给他生了一个女儿，死于产褥期间。我的母亲曾在她短短的生病期间照料她，后来还经常留心不让孩子缺少什么。这个孩子名字叫克莱芒蒂娜。

"从这次死亡和这次出生开始，建立了我们家庭和德·莱塞的关

---

① 伏尔泰（1694—1778）：法国作家，哲学家，启蒙思想家。他的著作对十八世纪法国资产阶级革命有积极影响。但政治思想局限于开明的君主制，哲学观点也没有超出自然神论。

② 达兰贝尔（1717—1783）：法国数学家，启蒙思想家，哲学家。在数学上对偏微分方程有贡献。曾同狄德罗一起筹备、出版《百科全书》，任副主编，负责数学部分的编撰工作。

③ 让-雅克：卢梭的名字。他在哲学上是自然神论。他反对传统宗教，但又不否认上帝及非物质的灵魂的存在。

④ 路易十八（1755—1824）：法国国王，是路易十六的弟弟，1814年登上王位，开始了波旁王朝的复辟时期。

⑤ 乔治：全名为乔治·卡杜达尔（1771—1804），保王党阴谋家，法国资产阶级革命时期反革命的朱安党领袖。1802年曾密谋用爆炸装置谋害当时任第一执政的拿破仑，1804年6月被判处死刑。

⑥ 波拿巴：拿破仑一世皇帝的姓。他1769年生于科西嘉岛的破落贵族家庭。

系。我当时正脱离幼年时期，人变得愚笨、迟钝了；我失去了观察和感觉的那种可爱的天赋，事物在我心里不再能引起美妙的新奇感，而正是这种新奇感给幼儿带来极大的快乐。因此克莱芒蒂娜诞生以后的一段时间没有给我留下任何回忆。我仅仅知道相隔没有几个月我遭受到一桩现在想起来心里还难过的不幸。我失去了我的母亲。巨大的寂静、巨大的寒冷和巨大的阴影突然一下子笼罩住我们的家。

"我陷入一种麻木状态之中。我的父亲把我送进中学，好不容易我才振作起来。

"然而我并不完全是个蠢货，我的老师们把他们愿意教的差不多全教给我了，这也就是说，一点儿希腊文和一点儿拉丁文。我只跟古人交往。我学会了尊重米太亚得①和赞赏地米斯托克利②。甘多斯·非比阿斯③变成了我熟悉的人，至少已经达到了我和这样一位伟大的执政官之间所能达到的熟悉程度。与这些高贵人士交往，我感到骄傲，不再低下眼睛去看小克莱芒蒂娜和她的老父亲，况且他们有一天动身上诺曼底④去了，我甚至不屑于去关心他们是否回来。

"然而他们还是回来了，夫人，回来了！上天的影响，大自然的力量，还有把爱的天赋散发给世人的神秘的权力，你们知道我是怎么重新见到克莱芒蒂娜的！他们走进了我们的气氛忧愁的住所。德·莱塞先生不再戴假发，露出秃顶，肤色红润的太阳穴上有几缕灰发，他

---

① 米太亚得（约前550—前489）：古雅典统帅。公元前490年指挥马拉松战役，大败波斯军。
② 地米斯托克利（约前525—约前462）：古雅典奴隶主民主派政治家和统帅。任执政官时推行一系列民主改革。公元前480年在萨拉米海战中大败波斯舰队。
③ 甘多斯·非比阿斯（约前280—前203）：一译费边。古罗马统帅。历任执政官。第二次布匿战争期间（前218—前201），罗马军溃败后任独裁官，采用拖延战术，坚壁清野，与汉尼拔军相周旋。
④ 诺曼底：法国西北部旧省名，包括现在的芒什、卡尔瓦多斯等五省。

显得老当益壮。但是我看见靠在他伸出的手臂上走进来的这个光彩夺目、一下子把陈旧的老客厅照亮了的圣洁人儿，她不是一个幻觉，她正是克莱芒蒂娜！我说的完全是实话：她的那双蓝眼睛，青莲色的眼睛，我觉得像是一样超自然的东西，到了今天我还没法想象这一对有生命的珍宝，怎么能忍受生的劳累和死亡的腐烂。

"她不认识我的父亲，在向他行礼时有点局促不安。她的皮肤略微带点粉红色，她的微微张开的嘴在微笑，是使人想到无限的那种微笑，毫无疑问这是因为它没有暴露出任何明确的思想，仅仅表达出活着的快乐和长得美丽的幸福。她的脸像一件打开的首饰盒里的珠宝一样，在粉红色的风帽里闪耀出夺目的光彩。她在一件平纹细布的白连衫裙上披着一条开司米披肩，连衫裙腰部打裥，下面露出一只金褐色的高帮皮鞋的鞋尖……您别笑，亲爱的夫人；这是当时的时装式样，我不知道现在这些新的式样是不是有那么简朴，那么鲜艳，那么端庄雅致。

"德·莱塞先生告诉我们，他正着手出版一册历史地图集；他回到巴黎来住，如果他以前住过的那套房间还空着，他很乐意在这儿安家。我的父亲问德·莱塞小姐，她来到首都是不是感到高兴。她感到高兴，因为她的微笑里充满了喜悦。她朝着开向绿意盎然、光辉灿烂的花园的窗户微笑；她朝着座钟的钟面上方坐在迦太基①废墟里的铜马略②微笑；她朝着黄天鹅绒的旧扶手椅和不敢抬起眼睛来看她的可怜的大学生微笑。从这一天起，我多么爱她啊！

---

① 迦太基：非洲北部的奴隶制国家，公元前七到前四世纪成为西地中海强国，首都迦太基城。公元前三世纪开始与罗马争夺地中海西部的霸权，从而导致三次布匿战争（前264—前146）。迦太基失败，沦为罗马一行省。
② 马略（前157—前86）：古罗马奴隶主民主派政治家，统帅。联合平民派，与贵族派苏拉展开激烈斗争。苏拉占据罗马时逃往非洲（前88年）。旋返意大利，攻占罗马，大杀苏拉追随者（前87年）。逃往非洲时曾躲藏在迦太基的废墟里。

"可是我们现在已经到了塞夫勒街，很快就要看见您的窗户了。我是一个很蹩脚的讲故事者，如果我不自量力去写一本小说，可以肯定，决不会写成功。我准备了很长时间的一篇故事，我却要用简简单单的几句话讲给您听，因为存在着一种敏感，一种心灵的优雅，一个老人洋洋得意地谈论哪怕是最纯洁的爱的感情，也会伤害到它们。让我们在这条两边是修道院的林荫大道上走几步，我的故事将在把我们和您看见的那边的小钟楼分开的这段距离里从容地结束。

"德·莱塞先生得知我从巴黎文献学院毕业，认为我配得上跟他合作编绘历史地图集。这册地图集的目的是要在一系列的地图上标出这位哲学家老人所谓的从挪亚①到查理曼②的各个帝国的变迁。德·莱塞先生的头脑里收藏着十八世纪关于古代的所有谬见。我在历史学上属于革新者的学派，而且我正处在一个不知道装假的年纪上。老头儿对蛮族时代的那种了解或者不如说不了解，他到上古去寻找只有马蒙泰尔③的小说里才存在的野心勃勃的君主、虚伪贪婪的高级神职人员、道德高尚的公民、明哲旷达的诗人和其他人物，这种顽固态度使我感到非常不快，开始的时候还引起我各种反对意见，这些反对意见毫无疑问是非常合理的，但是完全不起作用，有时还是危险的。德·莱塞先生十分暴躁，而克莱芒蒂娜十分美丽。在她和他之间，我度过了一些既痛苦又快乐的时刻。我爱上了；我变成了懦夫，很快地凡是他

---

① 挪亚：一译诺亚。《圣经》故事中洪水后人类的始祖。神决定降洪水消灭人类，命义人挪亚造一方舟，洪水降临时全家以及各类品种的动物可以进入方舟躲避。洪水退净，挪亚全家及各类动物出方舟，重新繁殖。
② 查理曼（742—814）：一译查理大帝。法兰克王国加洛林王朝的国王（768—814），建成庞大帝国，公元800年，由罗马教皇加冕称帝，号称"罗马人皇帝"。
③ 马蒙泰尔（1723—1799）：法国作家。他写有两部富有哲理和教育意义的小说：《贝利赛尔》宣扬容忍，《印卡人》谴责奴隶制度。

对后来也要载负克莱芒蒂娜的这个地球在亚伯拉罕①时期、米那②时期和丢卡利翁③时期所呈现的历史和政治面目提出的要求，我都一概同意。

"我们画好的地图，由德·莱塞小姐用水彩颜料着色。她身子俯在桌子上，用两个指头捏着画笔；一个影子从眼皮落到双颊上，把她半开半闭的眼睛笼罩在迷人的影子里。她不时抬起头，我看见她那微微张开的嘴。在她的美里有着那么丰富的表情，使她的呼吸看上去不能不像是在叹气，她的最普通的姿态都把我投入深深的梦想之中。我一边望着她，一边赞同德·莱塞先生的意见：朱庇特曾经暴虐地统治帖萨里亚④的那些多山地区，而俄耳甫斯⑤轻率地委托教士去教授哲学。我到今天还不知道当我向顽固的老头做出这样妥协时，我是个懦夫呢，还是个英雄。

"德·莱塞小姐，我应该说，她并没有对我十分注意。这种冷淡的态度，我觉得是那么正确，那么自然，所以我没有想到去抱怨。这使得我很痛苦，不过我不知道罢了。我抱有希望，我们还刚画到亚述⑥的第一个帝国。

"德·莱塞先生每天晚上来跟我父亲一起喝咖啡。我不知道他们

---

① 亚伯拉罕：《圣经》故事中的人物。希伯来人，即今犹太人的始祖。原名亚伯兰，后来耶和华给他改名为亚伯拉罕，立他为多国之父，把他寄居的迦南地方赐给他。
② 米那：古埃及第一法老。据说约公元前3000年，统一上下埃及，开创第一个王朝，并建立孟斐斯城。
③ 丢卡利翁：希腊神话中的人物。普罗米修斯和克吕墨涅的儿子，皮拉的丈夫。宙斯发洪水消灭人类，世上只留下他们夫妻二人。洪水过后他们奉神祇之命把"母亲的骨骼"投掷到身后面。他们猜想大地是母亲，她的骨骼一定是石头。于是，丢卡利翁投掷石头变成男人，皮拉投掷石头变成女人。这样重新创造了人类。
④ 帖萨里亚：古希腊东北部的一个地区。有名的奥林匹斯山在其境内。
⑤ 俄耳甫斯：一译奥菲士。希腊神话中的诗人和歌手，善弹竖琴，弹奏时猛兽俯首，顽石点头。
⑥ 亚述：古代东方的奴隶制国家。公元前2000年代初形成奴隶制社会和国家。公元前八世纪后半叶建成庞大军事帝国，首都尼尼微。

是怎样结成友谊的，因为像这样完全不同性格的两个人是很少遇到的。我的父亲赞赏得少，原谅得多。随着老年的来临他憎恨一切夸大。他的思想带有无数极其细微的差别，他只有在附有各种保留条件的情况下才赞同一个意见。一个敏感的人的这些习惯使干瘦、粗暴的老贵族暴跳如雷；而对手的温和态度，正相反，又决不能使他的火气小下去！我预感到一个危险。这个危险就是波拿巴。我的父亲对波拿巴没有留下任何好感，但是过去在他的指挥下工作过，不喜欢听见别人辱骂他，特别是为了波旁家族的利益来辱骂他。我的父亲对波旁家族怀有深切的不满。德·莱塞先生比以往任何时候更信奉伏尔泰学说，更信奉正统主义①，他把一切政治、社会和宗教的弊病都归罪于波拿巴。在这种情况下，维克多上尉尤其使我不放心。我这位可怕的舅舅，自从能劝他冷静的妹妹离开人世以后，变得叫人完全无法容忍了。大卫的竖琴给砸碎了，扫罗没法控制自己的狂怒。②查理十世③的垮台更增加了这个老拿破仑派的勇气，使他干出了各种可以想象得到的挑衅的事。他不像以前那样经常上我们家来了，对他来说，我们家太寂静。但是偶尔在吃晚饭的时候，我们看见他出现，身上像陵墓似的盖满鲜花。他坐下来，照例总要扯着喉咙骂街，而且一边吃，还要一边吹嘘他这个老勇士交上的好运。晚饭吃完以后，他把餐巾折成主教帽式样，灌下一瓶烧酒，就急匆匆地走了，仿佛他想到留下来跟一个年老的哲学家和一个年轻的学者在一起待上一段时间，又没有酒

---

① 正统主义：指法国历史上对波旁王朝长系的拥护主张。
② 根据《圣经》故事，大卫幼年时被派到宫里为以色列国王扫罗弹竖琴，琴声优美，平息了扫罗的怒火。
③ 查理十世（1757—1836）：1824年登上法国国王位。1830年7月宣布解散议会，进一步限制选举权和出版自由。7月27至29日巴黎市民举行起义占领王宫，查理十世逃亡国外。法国建立了以路易·菲利浦为首的七月王朝。

喝，就充满恐惧似的。我清楚地感到如果他有一天遇到德·莱塞先生，那一切就都完了。这一天终于来到，夫人！

"上尉这一次隐没在鲜花里面，和一座帝国的光荣纪念碑是那么相像，让人真想给他每一条胳膊套上一个用不凋花编的花圈。他感到诸事顺心，头一个得到愉快情绪的好处的是厨娘，在她端来烤肉放在饭桌上的时候，他搂住了她的腰。

"吃完晚饭以后，他把别人送到他面前的细颈小酒瓶推开，说等会儿他喝咖啡时再灌烧酒。我心惊肉跳地问他，是不是更喜欢立刻给他端咖啡来。我的维克多舅舅疑心十分重，而且一点也不傻，我的这种心急让他觉得大有问题，因为他带着一种很特别的神情望着我，对我说：

"'耐心点！我的外甥。见鬼，吹归营号不是军人子弟的事！这么说，学究先生，您是急着想看看我的靴子上是不是装上马刺。'

"很明显，上尉已经猜到我希望他立刻离开。我了解他这个人，我确信他会留下来。果然他留下来了。这个晚上那些最细小的情节都还留在我的记忆中。我的舅舅十分快活。单单惹人讨厌这个想法就足以使他保持愉快的情绪。他照着兵营的作风，确实如此，讲了一段关于一个修女、一个号手和五瓶商贝丹葡萄酒的故事，这段故事在驻军中一定很受欢迎，即使我记得，夫人，我也不会讲给您听。我们来到客厅里，他向我们指出壁炉柴架的情况很糟，并且很有学问地教给我们使用硅藻土擦铜器的方法。没有一句与政治有关的话。他在节省自己的力气。迦太基废墟里敲响了八下。这是德·莱塞先生来到的时刻。几分钟以后他带着他的女儿走进客厅。晚间的聚会又像平常一样开始了。克莱芒蒂娜坐在灯旁绣花，灯罩让她那张美丽的脸留在淡淡的阴影里，却把灯光投射在她的手上，使得她的手指几乎在闪闪发光。德·莱塞先生谈到天文学家预报的一颗彗星，就这题目阐述一些理论，这些理论尽管非常大胆，却证明有一定的文化修养。我的父亲在天文学方面掌握不少知识，他表达出一些合理的观点，到结束时总是一成不变地说：'总之，我知道什么呢？'我也引用我们的天文台的邻人，伟大的阿拉戈①的意见。维克多舅舅断言彗星对葡萄酒的质量有影响，作为证明他讲了一段有趣的小酒馆流传的故事。对这次谈话我感到十分满意，我借助我新近读过的书，竭力使谈话维持下去，长时间地叙述这种散布在数十亿法里的空间，但是可以用一只酒瓶装下的极轻的天体的化学结构。我的父亲对我的口才感到有点诧异，他带着他那种平静里夹着讥嘲的表情望着我。但是我们总不能永远停留在天上。我望着克莱芒蒂娜，谈到我头一天在一家珠宝店橱窗里欣赏到的一颗用钻石镶成的彗星。我的考虑十分欠周。

"'我的外甥，'维克多上尉大声嚷起来，'你这颗彗星和约瑟芬皇后②到斯特拉斯堡来给军队颁发十字勋章时，闪耀在她头发上的那颗彗星简直不能相比。'

"'这个小约瑟芬非常喜爱珠宝首饰，'德·莱塞先生在喝两口咖啡之间说。'我不为了这一点责备她；她有优点，虽然轻浮了一点。她是一个塔赛尔家族的女人，嫁给布奥拿巴特③，是给他的一个莫大的荣幸。一个塔赛尔家族的女人，虽然也算不了什么，可是一个布奥拿巴特家族的人，那就更不值一提了。'

---

① 阿拉戈（1786—1853）：法国天文台台长，是当时最伟大的天文学家之一。
② 约瑟芬皇后（1763—1814）：法国拿破仑的妻子，1804 年成为皇后。她到莱茵河沿岸省份旅行时，以皇帝的名义行动，1809 年拿破仑和她离婚。她所属的塔赛尔家族是一个可以上溯到十五世纪的古老贵族家族。
③ 布奥拿巴特：拿破仑是科西嘉人，这是他的姓"波拿巴"的意大利读法，这样称呼他，含有侮辱之意。

"'您这是什么意思，侯爵先生？'维克多上尉问。

"'我不是侯爵，'德·莱塞先生冷冰冰地回答，'我的意思是说，布奥拿巴特要是娶一个库克船长①在他的游记里描写的那种吃人生番的女人，倒非常般配，赤身裸体，身上刺着花纹，鼻孔里戴着一个环，津津有味地吃着腐烂的人的肢体。'

"'我早就料到了，'我心里这么想；在焦急不安中（啊，可怜的人心哟！）我首先是注意到我的预见的正确。我应该说上尉的回答是十分卓越的。他手叉在腰上，摆出一副傲然的姿态，轻蔑地打量着德·莱塞先生，说：

"'主教代理官先生，除掉约瑟芬和玛丽-路易丝②以外，拿破仑还有一个妻子。他的这个伴侣您不认识，我贴近地见过她，她穿着一件缀满星星的天蓝色披风，戴着桂冠，胸前挂着荣誉军团十字勋章；她的名字叫光荣。'

"德·莱塞先生把杯子放到壁炉台上，平静地说：

"'您的布奥拿巴特是一个好色之徒。'

"我的父亲不慌不忙地站起来，慢慢伸出手臂，用十分温和的嗓音对德·莱塞先生说：

"'死在圣赫勒拿岛③上的那个人，不管他是怎样一个人，我曾经在他的政府里工作过十年，我的内弟在他的鹰旗下负过三次伤。我请求您，先生和朋友，以后不要再忘记了这一点。'

---

① 库克船长（1728—1779）：英国著名航海家。他的游记在1774年和1785年间译成法文，非常受欢迎。

② 玛丽-路易丝（1791—1847）：德意志神圣罗马帝国最后一个皇帝弗兰茨二世（1768—1835）的女儿，1810年嫁给拿破仑为后。

③ 圣赫勒拿岛：南大西洋岛屿，拿破仑在滑铁卢战役失败后，被流放到该岛，并死于岛上。

"上尉那些既高尚又可笑的傲慢无礼的话没有能够做到的事，我父亲的客客气气的劝告却做到了：把德·莱塞先生投入狂怒之中。

"'我忘了，'他大声嚷道，脸色铁青，牙齿咬紧，嘴上挂着唾沫；'是我的过错。装鲱鱼的桶总有鲱鱼味，为坏蛋们效劳过的人……'

"听到这句话，上尉扑过去掐住他的脖子。如果没有他的女儿和我，我相信他肯定会给掐死。

"我的父亲抱着膀子，脸色比平时略微有点白，带着一种无法形容的怜悯表情望着这个场面。接下来的情况还要可悲，可是有什么必要把两个老人的疯狂详细叙述出来呢？最后我终于把他们分开了。德·莱塞先生向他的女儿做了个手势，走了出去。她跟在他后面，我跑过去追她，追到楼梯上。

"'小姐，'我发狂地握住她的手，对她说，'我爱您！我爱您！'

"她让我的手在她的手里留了一秒钟；她的嘴略微张开。她想说什么呢？可是她突然抬起眼睛望望正在楼上的父亲，把她的手抽回去，向我做了一个永别的手势。

"从这以后我没有再见到她。她的父亲搬到先贤祠旁边去住，他为了卖他的历史地图，曾经在那儿租了一套房子。几个月以后他中风离开了人世。他的女儿回到纳韦尔，她的母方的家里去。她就是在纳韦尔嫁给了一个富有的乡下人的儿子阿希尔·阿利埃。

"至于我，夫人，我自己单独过着平平静静的生活。我的生活既没有太大的痛苦，也没有太大的欢乐，可以说是相当幸福的。但是在冬天的夜晚，我看到我的扶手椅旁边的一把空扶手椅，看得时间长了心里不能不感到剧烈的疼痛。克莱芒蒂娜已经去世很久。她的女儿也跟随她长眠在地下。我在您府上见到了她的外孙女。我还不想像《圣经》里的老人那样说：'现在，主啊，请把您的仆人召回到您身边吧。'①如果一个像我这样的老年人还能对什么人有用，我愿意在您的帮助下，把我最后的力量贡献给这个孤儿。"

我是在德·加布里夫人那套房子的门厅里说这最后几句话的，我正要和这个可爱的向导分手时，她对我说：

"亲爱的先生，在这件事上我不能像我所希望的那样帮助您。让娜是孤儿，而且未成年。没有得到她的监护人的同意，您什么事也不能为她做。"

"啊！"我大声叫起来，"我压根儿就没想到让娜还会有一个监护人。"

德·加布里夫人带着几分诧异的神色望着我。她没有料到一个上了年纪的人会有这么天真。

她接着又说：

"让娜·亚历山大的监护人是勒瓦卢瓦-佩雷②的公证人穆什先生。我担心您不能和他商量好，因为他是一个严肃的人。"

"啊！善良的天主，"我叫了起来，"在我这个年纪，如果不是和严肃的人，您希望我能跟什么人商量好呢？"

她露出微笑，像我父亲微笑时那样，带着一种温和的狡黠表情，她说：

"和跟您相似的人。穆什先生偏偏不是这种人，他引不起我的丝毫信赖。您必须请求他准许您去看让娜，他把她送进泰尔纳③的一所

---

① 《圣经·路加福音》第二章说耶路撒冷有一个叫西面的老人，得了圣灵的启示，知道自己未死之前，一定会看见天主所立的基督，一天他进入圣殿，正遇见耶稣的父母抱着孩子进来，西面就用手接过他来，称颂神说："现在，主啊，请把您的仆人召回到您身边吧。"
② 勒瓦卢瓦-佩雷：法国上塞纳省的一个城镇，在巴黎西北不远。
③ 泰尔纳：巴黎市内一个区。

寄宿学校，她在那儿并不快活。"

我吻了德·加布里夫人的双手以后，我们就分手了。


5月2日至5日

我在让娜的监护人穆什先生的事务所里见到了他。他身材矮小，又瘦又干，面色好似他那些陈旧文件上的尘土。这是一个戴眼镜的畜生，因为不可能想象没有眼镜的他。我听见穆什先生说话；他的嗓音刺耳，说起话来斟词酌句，但是如果他完全不斟词酌句，也许我会更喜欢。我观察过穆什先生；他拘泥于虚礼，从眼镜里偷偷看着听他说话的人。

穆什先生感到高兴，他对我这么说。我关心他的被监护人，使他大喜过望。但是他不相信人活在世上是为了玩乐。不，他不相信；说

实在的，谁要是接近他，谁就会同意他的意见，因为他这个人让人丝毫感觉不到乐趣。他担心提供给他亲爱的被监护人太多的享乐，会让她对人生产生一种错误的、有害的想法。他对我说，就是因为这个缘故他要求德·加布里夫人少把这个年轻姑娘接到她家里去。

我离开这个满身尘土的公证人和他的满室尘土的事务所，得到了符合手续的许可（来自穆什先生那儿的一切都是符合手续的），每个月的头一个星期四可以到泰尔纳，德姆尔街，普雷费尔小姐开办的寄宿学校去看让娜·亚历山大小姐。

五月份的头一个星期四，我上普雷费尔小姐开办的寄宿学校去。一块蓝字招牌隔得相当远，把学校的地点指点给我。这种蓝色对我来说是维吉妮·普雷费尔小姐的性格的头一个标志，以后我会有机会充分研究她的性格。一个神色惊慌的女仆接过我的名片，没有说一句让人感到希望的话，把我丢在一间阴冷的会客室里，我闻到了学校食堂里特有的那股令人恶心的气味。这间会客室的地板，曾经有人使出毫不留情的力气上过蜡，我在无可奈何之中想留在门口。幸好我注意到那些马鬃软垫椅子前面的地板上，撒着一块块小羊毛方毯，一步步踩着这些小岛般的地毯，终于能够前进到靠近壁炉的那个角落，气喘吁吁地坐了下来。

在这个壁炉的上方，镀金的大框子里，是一个布告牌，用火焰形哥特字体写着标题：光荣榜。榜里有许许多多人名，我却没有找到让娜·亚历山大的名字的荣幸。把那些在普雷费尔小姐眼里获得光荣的学生的名字念了好几遍以后，没有听到一点动静，我感到不安。普雷费尔小姐肯定能成功地在她的教学领地里建立只有天空中才有的那种绝对寂静，如果不是麻雀选中她的院子，成群结队地飞来，叽叽喳喳叫个不停。听它们叫是个快乐。但是看见它们，请问：隔着毛玻璃的窗子，又有什么办法呢？我应该满足于这间会客室提供给我看的东西，它的四面墙壁从上到下都用女寄宿生画的图画装饰起来。其中有古罗马供奉女灶神的贞女，有鲜花、有茅屋、有柱头、有涡形装饰，还有萨宾人的国王塔蒂乌斯[①]的一个巨大头像，上面签的名字是埃斯泰尔·穆通。

穆通小姐用来突出古代战士的乱蓬蓬的眉毛和发怒的眼睛的那股力量，我已经欣赏了相当长的时间，忽然有一种比一片枯叶随风飘动还要轻的响声，促使我转过头去。这确实不是一片枯叶，这是普雷费尔小姐。她双手合抱在胸前，像《黄金的圣徒传》里的女圣徒们走在水晶般的水面上那样，在镜子般的地板上朝前走[②]。但是换了任何别的情况，普雷费尔小姐，我相信，都不会使我想到神秘主义思想所喜爱的那些童贞女。光看她的脸，她让我想到贤慧的家庭主妇在顶楼里保存了整整一个冬天的一只斑皮苹果。她肩膀上披着一条带穗子的短披肩，这条短披肩本身没有什么特别的，但是她披着它，就像它是教士的祭披，或者是高级官员的标志。

我向她说明我来访的目的，并且把介绍信交给她。

"您见过穆什先生，"她对我说，"他身体很好吗？他这个人是那么正直，那么……"

她没有说完，把目光朝上投向天花板。我的目光跟随着她的目光，遇到了一个螺旋形的小花边纸条，它悬挂在分枝吊灯的位置上，据我推测，是用来吸引苍蝇的，使它们离开那些镜子和光荣榜的镀金

---

① 塔蒂乌斯：传说中意大利中部古民族萨宾人的国王，他因罗马人抢萨宾姑娘而发动与罗马的战争，后罢战和好，与传说中的罗马国王罗慕路斯共掌国家权力。
② 女圣徒埃及人玛丽就是这样越过河面去会见佐齐姆的。埃及人玛丽是基督教苦行者，原是埃及亚历山大城妓女，后在沙漠里苦修四十七年，死于421年，佐齐姆是罗马教皇，死于418年。

框子。

"我在德·加布里夫人家里遇见亚历山大小姐，"我说，"有可能欣赏到这个年轻姑娘的优良的性格和敏锐的智力。从前我认识她的外祖父母，我觉着自己很想把他们在我心里引起的关切转移到她的身上。"

作为全部答复，普雷费尔小姐深深叹了一口气，把她神秘的短披肩紧紧压在心口上，重新望着螺旋形小纸条。

最后她对我说：

"先生，既然您认识诺埃尔·亚历山大先生和夫人，我希望您能像穆什先生和我一样，曾经为导致他们破产、害得他们的女儿陷于贫困之中的疯狂投机感到遗憾。"

我听到这些话，心里想，遭遇不幸是一个极大过错，而且这个过错在那些长期以来值得羡慕的人身上是不可饶恕的。他们的失败替我们报了仇，让我们感到得意，我们是残酷无情的。

在非常坦率地声明我对金融界的事完全外行以后，我问寄宿学校校长对亚历山大小姐是否满意。

"这个孩子难以驯服。"普雷费尔小姐大声叫起来。

她摆出一个高级骑术的姿势，象征性地表达出一个如此难以训练的学生给她造成的处境。接着，她情绪平静一些以后又说：

"这个女孩子并不是不聪明。但是她不能下决心按照原则来学习。"

普雷费尔小姐是多么古怪的一位小姐啊！她走路不抬腿，说话不动嘴唇。我没有过多地去注意这些细节，回答她说，原则毫无疑问是非常好的东西，在这方面我完全信任她的学问，但是当一个人学会一样东西，他是用这种方法还是那种方法学会的，都是无关紧要的。

普雷费尔小姐慢慢地做了一个不同意的表示。接着叹了口气，说：

"啊！先生，对教育外行的人产生出一些非常错误的想法。我确信他们说出来的话都怀着世上最良好的愿望，但是他们还是信任有能力的人比较好，好得多。"

我没有再坚持。我问她，我是否可以立刻见到亚历山大小姐。

她望着她的短披肩，就像读一本天书似的，想从杂乱的穗子里读出她应该作出的回答，最后她说：

"亚历山大小姐要教一堂辅导课。这儿是大教小。这就是所谓的互助教育……但是如果让您白来一趟，我会感到遗憾。我去让人把她叫来。不过，先生，按照校规，请允许我把您的大名登记在来客登记簿上。"

她在桌子前面坐下，打开一本簿子，从短披肩下面掏出她塞在里面的穆什先生的信。

"波纳尔有一个d，对不对？"她一边写一边说，"请原谅我重视这个细节。不过我的意见是专有名词有一定的缀字法。这儿，先生，要上专有名词听写课……当然是那些历史名词！"

她用一只灵巧的手记下我的名字，接着又问我，她是不是可以接下来登记一个身份，例如：前批发商、职员、年金收入者或者别的什么。她的登记表上有一栏是供填写身份用的。

"我的天主！夫人，"我对她说，"如果您认为非填这一栏不可，那就请填上：研究院院士。"

我在我面前看见的确确实实是普雷费尔小姐的那条短披肩；但是披着它的不再是普雷费尔小姐，而是一个新的女人，和蔼、优雅、温存、愉快，而且容光焕发。她的眼睛在微笑；她脸上的小皱纹（多得不计其数！）在微笑；她的嘴也在微笑，不过只有半边在笑。她说话了；她的声音和她的表情完全相配，是一种甜如蜜糖的声音。

"您说过，先生，这个亲爱的让娜很聪明。这方面我也得出同样的观察结果；和您的意见不约而同，我感到很光荣。这个年轻姑娘确实引起了我很大兴趣。她虽然有点活泼，却有着我称为难能可贵的好性格。但是请原谅我过多地占用您的宝贵时间。"

她叫那个女仆。女仆来了，神色比刚才还要匆忙，还要惊慌，接着奉命去通知亚历山大小姐：研究院院士西尔维斯特·波纳尔先生在会客室等她。

普雷费尔小姐仅仅有时间告诉我，她对研究院的决议，不论是什么决议，都怀有深切的敬意。接着让娜就来到了，她上气不接下气，脸红得像一朵牡丹花，眼睛睁得大大的，胳膊摇晃着，在天真的笨拙中显得十分可爱。

"瞧您这副模样，我亲爱的孩子！"普雷费尔小姐用母亲般温存的口气低声说，同时替她整理了一下衣领。

让娜的模样，说真的，确实很怪。她的头发朝后梳，用一个网子罩住，但是一绺绺地从网子里钻出来。她的瘦胳膊到肘部为止藏在有光夹里布的袖子里，一双长冻疮的手红通通，她好像不知拿它们怎么办。她的连衫裙太短，露出过分宽大的袜子和鞋跟磨坏的高帮皮鞋，一根跳绳用的绳子像腰带似的缠在腰上，所有这一切使得让娜成了一位不适于见客的小姐。

"小疯子！"普雷费尔小姐叹着气说，她这一次不再像母亲，却像大姐姐了。

接着她就像影子似的在镜面般的地板上掠过，消失得无影无踪。

我对让娜说：

"坐下来，让娜，像跟朋友那样跟我谈谈。您不喜欢这儿吗？"

她犹豫不决，接着带着无可奈何的笑容回答：

"不太喜欢。"

她把绳子的两头握在手里，不再言语了。

我问她，这么大了，是不是还跳绳。

"啊！不，先生，"她连忙回答我，"女仆告诉我有位先生在会客室等我的时候，我正在教小女孩们跳绳。我就把绳子系在腰上免得掉了。这不礼貌。我要请您原谅。但是，我是那么不习惯于接待客人的来访！"

"公正的老天！我怎么会对您的束腰绳感到不快呢？圣克莱尔修会①的修女腰上都有一根绳子，她们是圣洁的姑娘。"

"您来看我，"她对我说，"跟我像您现在这样谈话，真是太好了。我进来时没有想到感谢您，因为我太吃惊啦。您见到德·加布里夫人吗？先生，跟我谈谈她，好不好？"

"加布里夫人身体很好，"我回答，"她在吕桑斯她那片美丽的庄园里。我和您谈到她，让娜，我要说从前的一个老园丁在有人向他打听他的城堡女主人时说过的话：'夫人在她的路上。'是的，德·加布里夫人在她的路上；您知道，让娜，这条路有多么正确，而且她迈着怎样稳定的步伐走在上面。有一天，在她动身去吕桑斯以前，我和她走了很远，很远，我们谈到您。我的孩子，我们在您母亲的墓前谈到您。"

"我感到非常高兴。"让娜对我说。

接着她哭起来了。

我怀着敬意让一个年轻姑娘的这些眼泪流出来。后来，在她揩眼

---

① 圣克莱尔修会：由女圣徒克莱尔于1213年在圣方济各帮助下创建的修会，会规甚严。

泪的时候，我请她讲讲她在这所学校里过的是怎样的生活。

她告诉我，她同时是学生，又是老师。

"别人支配您而您又支配别人。这种情形在世界上常见。忍受它吧，我的孩子。"

但是从她的话中我明白了，并没有人教她念书，她也不教别人念书，她负责给小班的孩子穿衣服，洗脸，教她们懂礼貌，认字母，使用针线，带她们玩耍，在祈祷后安排她们睡觉。

"啊！"我叫了起来，"这就是普雷费尔小姐所谓的互助教育。我不能向您隐瞒，让娜，我一点也不喜欢普雷费尔小姐，我也不相信她有我希望的那么好。"

"啊！"让娜回答我，"她和大多数人一样。她对她喜欢的人好，对她不喜欢的人不好。当然她不太喜欢我。"

"穆什先生呢？让娜，对穆什先生应该怎么看？"

她连忙回答我：

"先生，我请求您别跟我谈穆什先生。我请求您。"

我听从她这个强烈的，几乎是粗暴的请求，改变了话题。

"让娜，您在这儿还捏蜡人吗？我没有忘记在吕桑斯使我感到那么惊讶的仙女。"

"我没有蜡。"她说着，两条胳膊垂落下去。

"在一个蜜蜂的王国里，"我叫了起来，"居然没有蜡！让娜！我给您带一些像宝石一样透明的、五颜六色的蜡来。"

"谢谢您，先生，但是请您别这么做。我在这儿没有时间做我的蜡娃娃。不过我曾经为德·加布里夫人捏了一个小圣乔治①，一个很

_____

① 圣乔治：基督教殉教者，传说他曾杀死要用一位公主献祭的毒龙。

小很小的有镀金胸甲的圣乔治。但是那些小姑娘以为这是一个玩具娃娃，她们拿来玩，把它弄碎了。"

她从围裙的口袋里掏出一个小蜡人，脱落的四肢勉强被铁丝的骨架连着。看到它，她又是难过，又是高兴；高兴占了上风，她露出了微笑，然而她的微笑又突然一下子停住。

普雷费尔小姐和蔼可亲地立在会客室门口。

"这个亲爱的孩子，"寄宿学校校长用最慈祥的嗓音叹了口气说，"我担心她把您累着了。再说，您的时间很宝贵。"

我请她打消这个不切实际的想法，一边站起来告辞，一边从口袋里掏出我带来的几包巧克力和其他的糖果。

"啊！先生！"让娜大声叫起来，"够分给全校的了。"

披短披肩的女士出面干预了：

"亚历山大小姐，"她说，"谢谢先生的慷慨。"

让娜神色相当阴沉地望着她，接着朝我转过身来：

"我感谢您的这些糖，先生，我特别要感谢您好心来看我。"

"让娜，"我握住她的双手，对她说，"继续做一个善良、勇敢的孩子。再见。"

她带着几包巧克力和甜点心退出去时，她的绳子的两个柄碰到一把椅子的椅背。普雷费尔小姐怒形于色，两只手在短披肩里面按住心口，我已经准备看到她那教师的灵魂化为乌有了。

等到只剩下我们两个人，她又恢复了安详的神色，不是我自吹，我还应该说她仍在用整个半边的脸向我微笑呢。

"小姐，"我趁着她情绪好，对她说，"我注意到让娜·亚历山大脸色有点苍白。您知道得比我清楚，在她目前这个长身体的年纪上，需要照顾和关心。请不要见怪，如果我更加恳切地提出请您对她细心照料。"

这番话仿佛很投合她的心意。她欣喜若狂地望着天花板上的螺旋形纸条，双手合在一起，嚷道：

"这些杰出的人物多么善于考虑最细微的小事啊！"

我提请她注意，一个年轻姑娘的健康不是一件细微的小事，接着我荣幸地向她行礼告辞。但是她在门口留住我，悄悄地对我说：

"请原谅我的弱点，先生。我是女人，我喜爱光荣。我不能向您隐瞒，一位院士光临我这所小小的学校，我感到非常荣幸。"

我原谅普雷费尔小姐的弱点，在私心的蒙蔽下，盲目地想着让娜，一路上对自己说：

"我们怎么安排这个孩子呢？"

6月2日

那一天我把一位年纪很大的老同事一直护送到马恩公墓，按照歌德[①]的观点，他已经同意离开人世了。伟大的歌德的生命力特别强，他确实相信，人只有到了愿意死的时候，也就是说，到了所有那些抵挡最后分解的、构成了生命本身的活力完全被摧毁的时候才会死。换句话说，他认为人只有在不可能再活下去的时候才会死。好得很！问题仅仅在于互相了解，歌德的卓越的见解，如果您能充分领会它，它可以归结为拉帕利斯之歌[②]。

---

① 歌德（1749—1832）：德国诗人，剧作家，思想家。代表作有诗剧《浮士德》。
② 拉帕利斯之歌：拉帕利斯（约1470—1525），法国元帅，英勇善战，后战死在意大利。他的士兵们为了歌颂他的勇敢，创作了一首歌曲，最后两句是："在他死前一刻钟，他还生气勃勃。"

因此，我的杰出的同事靠了两三次最有说服力的，最后一次还是无可辩驳的中风，同意死了。在他生前我和他来往不多，但是他一旦不在了，我倒好像变成了他的朋友，因为我的同事们，口气严肃，表情坚定地对我说，我应该参加执绋，并且在墓前讲几句话。

我把我尽最大的力量——这一点没有言过其实——写成的一篇短短的演说稿勉勉强强念完以后，到维尔-达弗雷树林里去散步。我沿着一条绿荫如盖的小路走去，并没有过分依仗上尉的那根手杖。阳光落到小路上像一个个金色圆盘，青草和潮湿树叶的气味，天空的美丽和树木的强有力的宁静气氛，从来没有这么深地钻入我的感官和整个心灵，我在这被一种持续不断的叮当声打破的寂静中感到的压抑，既是肉体的，又是宗教的。

我在路边一丛小橡树的阴影里坐下。在那儿，我下定决心在我能够重新在一棵橡树底下坐下，在那广阔的田野的和平气氛中，考虑灵魂的性质和人的最终目的以前，决不死去，或者说不同意死去。一只蜜蜂，棕色的前半身像光泽暗旧的金盔甲似的在太阳下闪着亮光，它飞来停在一朵盛开在毛茸茸的梗子上、色彩浓艳的锦葵花上。当然这不是我头一次看见一件如此普通的事，然而这是我头一次怀着如此充满深情的，如此富有理解力的好奇心看见它。我注意到在昆虫和花朵之间存在着各种各样的好感和无数奇妙的关系，这是我以前没有想到的。

昆虫吸满了花蜜，划出一条直线果断地向前冲去。我尽最大努力站了起来，整理了一下身上的衣服。

"再见，"我对花和蜜蜂说，"再见。但愿我能再活上一段时间，直到把你们的和谐关系的秘密猜出来。我感到很疲乏。但是人就是这么生成的，只能用另外一种工作来消除一种工作带来的疲劳。如果天主愿意的话，使我摆脱文献学和古文书学而得到休息的，将是花朵和昆虫。古老的安泰①神话多么富有情理啊！我接触了大地，我成了一个新人，瞧，在六十八岁的年纪上，一些新的好奇心在我的心灵里产生，正如我们看见一些嫩芽从老柳树的空心树干上萌发出来一样。

6 月 4 日

我喜欢在这种使万物变得无限温柔的淡灰色早上，从我的窗口观看塞纳河和它的两岸。我曾经欣赏过把光辉灿烂的宁静散布在那不勒斯海湾上的蔚蓝天空。但是我们巴黎的天空更加充满生气，更加和蔼可亲，更加富有灵性。它像人类的眼神一样，微笑、威胁、抚爱、悲伤和快乐。此时此刻它把一片柔和的光倾注在城里那些在完成每天工作的人和牲畜身上。那边，在河对岸，圣尼古拉港的搬运工正在卸船上运来的牛肉，几个立在跳板上的装卸工正在传送食糖块，敏捷地从这个人手里抛到那个人手里，最后抛到轮船的货舱里。在北岸的沿河街上，出租马车的马匹排列在悬铃木的树荫下，头伸进马料袋，安安静静地嚼着燕麦，而那些脸色红通通的车夫呢，在酒店柜台前喝他们的那杯酒，同时打眼角留意着早起的乘客。

旧书商把他们的箱子放在岸边护墙上。这些正直的精神食粮的商贩穿着件随风飘扬的罩衫，不断地生活在户外，空气、雨、霜、雪、雾和烈日把他们磨练得那么结实，看上去像天主教堂的那些老雕像。他们全都是我的朋友，我每次在他们的箱子前面经过，都能从箱子里抽出一本那时我所缺少的旧书，虽然我丝毫没有想到我缺少它。

---

① 安泰：希腊神话中的巨人。格斗时只要身不离地，就能从大地母亲身上不断吸取力量，所向无敌。后赫拉克勒斯发现了他的这一特性，把他举在半空中击毙。

我回到家听到的是我的女管家的叫喊，她指责我把所有的口袋全都撑破了，而且让房子里堆满了废纸，招引老鼠。泰雷丝在这件事上是明智的，而正因为她是明智的，我才不听她的；因为我这个人尽管神色安详，却一向喜欢由热情而来的疯狂胜过由冷漠而来的明智。但是因为我的热情决不是那种会爆发、会破坏、会杀伤的热情，所以一般的人看不见它。然而它使我激动不安，为了一位被遗忘的修士写的，或者皮埃尔·舍费尔①的一个卑贱的学徒印的几页纸，我不止一次地睡不着觉。如果这股美好的热情在我身上熄灭，这是因为我自己在慢慢地熄灭。我们的热情，就是我们。我的旧书，就是我。我像它们一样老了，一样干枯了。

　　一阵微风在刮起路面的尘土的同时，也刮起了悬铃木的带翅膀的

---

① 皮埃尔·舍费尔（1425—1502）：德国印刷厂主。先与哥登堡合作，后改进印刷术，并将彩色引入。他在梅因兹曾印行《伊索寓言》等著作。

种子和从马嘴里漏下来的干草碎屑。这尘土微不足道，但是看到它飞扬，我不禁想起童年时曾望着同样的尘土打旋；我这个老巴黎人的心灵被深深地打动了。我从我的窗口看见的一切——在我左边，天际线一直伸展到夏约 ① 的那些山冈，使我能够看见像一块方石料的凯旋门，塞纳河这条光荣的河，河上的桥梁，杜伊勒利宫的平台上的椴树，像珠宝一样精雕细刻的、文艺复兴时期的卢浮宫；在我右边，新桥 ②（正像在古代版画上可以读到的：Pons Lutetiae Novus dictus③）的那个方向，是有着塔楼和尖顶钟楼的、古老而可敬的巴黎——这一切就是我的生命，就是我自己，如果没有通过我的千变万化的思想反映出来的、给我灵感的、激励我的这些东西，我也许微不足道。正因为这个缘故我才以无限的深情爱着巴黎。

可是我已经累了，我感到在这个思考得那么多，教会了我思考，并且不断地激励我思考的城市里，不可能得到休息。这些书籍不断地激起我的好奇心，使它劳累，却又不能满足它，在它们中间，怎么不激动呢？有时候是一个日期需要查询，有时候是一个地点应该确定，或者某一个古老的用语值得了解它的真正含义。一些词吗？——啊！对，一些词。作为一个文献学家，我是它们的君主，它们是我的臣民。作为一个好国王，我把我的整个一生奉献给了它们。我不会在哪一天让位吗？我猜到在远离这儿的某一个地方，在一片树林的边缘，有一所小房子，在那儿我可以找到我所需要的平静，同时等待着一个更大的，而且是不可改变的平静把我整个人完全包围起来。我梦见门前有一张长椅，还梦见一望无际的田野。但是为了反映和集中周围这

---

① 夏约：原为巴黎西南，塞纳河右岸的一个村庄，1786年并入市区。
② 新桥：巴黎市内塞纳河上的一座桥，建成于1607年。
③ 拉丁文："巴黎新桥"。

一切的清新，必须有一张清新的脸在我身边微笑；我会相信自己是老祖父，我的生命的全部空虚将因此得到充实。

我不是一个粗暴的人，然而我很容易光火，我所有的作品给我带来的烦恼和快乐一样多。我不知道，我在这个时候怎么会想到三个月前，我那位卢森堡公园的年轻朋友大胆说的关于我的那句十分无聊，而且不值一提的无礼话。我称呼他朋友并不是出于讽刺，因为我喜欢勤奋好学的青年，连同他们的莽撞和怪诞。然而我这位年轻朋友超过了限度。昂布鲁瓦兹·帕雷①老师头一个做动脉结扎手术，他是在发现了完全由一些全凭经验的剃须匠在做的外科手术以后，把外科手术提高到今天这个高度。到了老年他受到所有操柳叶刀的学徒的攻击。有一个年轻的冒失鬼，可能是世界上最好的儿子，但是缺少尊敬的感情，对老教师进行辱骂，老师在自己的论文《论尸粉、独角兽、毒液和鼠疫》里对他作了回答。"我请求他，"这个伟大人物对他说，"如果他想要反驳我的回答，我请求他抛弃敌意，对善良的老人温和一些。"这个出自昂布鲁瓦兹·帕雷笔下的回答是令人钦佩的；但是，如果它来自一个在工作中干到头发白了，遭到一个毛头小伙子嘲笑的乡村土法接骨医生，也还是值得赞扬的。

有人也许会认为我的这番回忆仅仅是出自卑劣的怨恨。我自己也这么相信，我责备自己可耻地紧紧抓住一个不知道自己说什么的孩子的话。幸好我对这件事的考虑后来朝着一个比较好的方向发展；也就是因为这个缘故我把它记在我的簿子上。我记起了在我二十岁那一年，有一天（转眼已经将近半个世纪了），我和几个同学在这同一个卢森堡公园里散步。我们谈到我们那些老教师，我们中间的一个碰巧

---

① 昂布鲁瓦兹·帕雷（1509—1590）：法国外科医生。他在截肢手术中以动脉结扎术代替过去的烧灼术，被称为现代外科之父。

提到了珀蒂－拉代尔①先生，这位值得尊重的博学之士，他头一个对伊特鲁里亚人②的起源作出一些解释，但是不幸的是他编制了一张海伦的情夫们的年表。这张年表使我们大笑不止，我大声嚷道："珀蒂－拉代尔是一个傻瓜，不是两个字的傻瓜，而是十二大卷的傻瓜。"

这句年轻时说的话太随便，不足以成为一个老人良心上的负担。但愿我在人生的战斗中仅仅射出过一些像这样无害的箭！但是我今天问自己，在我的一生中，我是不是没有在不知不觉中干过像海伦的情夫们的年表一样可笑的事。科学的进步使一些对这个进步起过最积极的帮助作用的著作变得无用。因为这些著作不再有什么大用处，年轻人就真诚地相信它们从来没有起过一点作用；他们蔑视它们，只要从里面发现什么过于陈腐的见解，他们就加以嘲笑。就是因为这个缘故，我在二十岁曾经嘲笑过珀蒂－拉代尔先生的爱情年表；也就是因为这个缘故，昨天在卢森堡公园，我年轻的、不懂礼貌的朋友……

　　扪心自问吧，奥克塔夫，别再埋怨。

　　怎么！你希望对你宽容而你从来没有宽容过。③

---

① 珀蒂－拉代尔（1756—1836）：法国考古学家，法兰西研究院院士。
② 伊特鲁里亚人：公元前八世纪居住在意大利西北部伊特鲁里亚地区。语言系属不详。公元前六世纪奴隶制占统治地位。公元前三世纪被罗马征服。
③ 引自法国剧作家高乃依（1606—1684）的悲剧《西拿》第四幕第二场。

六月份的第一个星期四到了。我合上书，向圣洁的修道院院长德罗克多维告辞，他安享天上的真福。在这个世界上，我想他并不急于要看到他的名字和他的工作在一本经我的手编纂的、微不足道的集子里受到颂扬。我应该说出来吗？我有一天看见的那株被一只蜜蜂拜访的锦葵，比所有那些执权杖和戴主教冠的老修道院院长更有力地吸引我。就是刚才我的女管家还撞见我在厨房的窗上，用放大镜仔细观看紫罗兰花。我少年时代什么书都看，在我看过的一本斯普朗格尔①的书里，有几个关于花朵的爱情的观点，遗忘了半个世纪以后又回到了我的心里，而且在今天使我感到那么大的兴趣，我懊悔没有把我微薄的精力奉献给对昆虫和植物的研究。

我是在寻找我的领带时作出这些考虑的。但是白白地翻了许多抽屉以后，我只好求助于我的女管家。泰雷丝一瘸一拐地来了。

"先生，"她对我说，"应该通知我您要出去，我可以及早把您的领带准备好。"

"但是，泰雷丝，"我回答，"把它放在一个我不用您帮忙就可以找到的地方，不是更好一些吗？"

泰雷丝不屑于回答我。

泰雷丝任什么事都不再让我支配，连一块手绢我都非得向她要不可。因为她耳朵聋，手脚不灵活，更糟的是她完全失去了记忆力，所以我经常受到匮乏之苦。然而她怀着那么心安理得的骄傲心情行使她

---

① 斯普朗格尔（1750—1816）：德国生物学家。

的家庭权力，我感到我没有勇气试一试搞一次政变来推翻统治我的衣橱的政府。

"我的领带，泰雷丝！您听见我的声音吗？我的领带！如果您再这么磨磨蹭蹭使我陷入绝望之中，那我需要的将不是一根领带，而是一根绳子，好让我把自己吊死。"

"这么说您很着急，先生，"泰雷丝回答我，"您的领带没有丢掉。这儿什么也不会丢掉，因为有我在照料一切。但是，至少让我有找到它的时间。"

"瞧瞧看，"我想，"瞧瞧看，这就是半个世纪忠心造成的结果。啊！如果运气好，这个毫不留情的泰雷丝在她一生中有过一次，仅仅一次，违背她的女仆的职责，如果她有过一分钟的错误，对我来说，她就不会有这种不可动摇的权威，我至少敢于反抗她了。但是怎么可以反抗美德呢？没有缺点的人是可怕的；我们没法左右他们。不妨看看泰雷丝：没有一点毛病好让人抓住把柄。她不怀疑她自己，不怀疑天主，也不怀疑世界。她是那种坚强的女人，《圣经》里那种明智的童贞女，别人可能不了解她，可是我了解她。她出现在我的心里，手上拎着一盏灯，一盏点在农村屋顶的小梁下的那种简陋的灯，拎在她这条像葡萄藤一样弯曲、结实的瘦胳膊下面，将永远不会熄灭。

"泰雷丝，我的领带！您这个可恶的女人，难道您不知道，今天是六月份的头一个星期四，让娜小姐在等我？寄宿学校的女校长一定让人给会客室的地板及时地上了蜡；我相信这时候亮得可以照见人，等到我摔断骨头——这件事就在眼前逃不过——就像照镜子似的在地板上照见我的愁眉苦脸，对我说来那才有趣呢。到那时候我要以维克多舅舅的手杖上刻出他的像来的那个可爱、可敬的英雄为榜样，尽力表现出笑脸和坚强的心灵。您看看这个大太阳。沿河街被它镀上了一层金，塞纳河用那无数闪闪发光的细小皱纹在微笑。城市是金黄色的，淡淡的黄色尘埃像头发似的飘浮在它的美丽的轮廓上……泰雷丝，我的领带！……啊！我今天算了解老克里萨尔[①]这个老头儿了，他把他的领带夹在厚厚的一大本普鲁塔克[②]里面。学他的样，我以后要把我所有的领带都夹在 Acta sanctorum 的书页间。"

泰雷丝让我说下去，一声不响地在寻找。我听见有人在轻轻地拉门铃。

"泰雷丝，"我说，"有人在拉铃。把我的领带给我，然后去开门；或者先去开门，然后在老天爷的帮助下，把我的领带给我。但是我求您，别像这样侍在我的五斗柜和我们的门中间，说句不客气的话，就像一匹小走马在两个鞍子中间一样。"

泰雷丝如同有敌人在前面似的朝大门走去。我卓越的女管家变得很不好客。陌生人在她看来是可疑的。按她的说法，这种情绪来自对人的长期的体验。我没有来得及考虑，如果换一个体验者，同样的体验是否会得出同样的结果。穆什先生在我的书房里等我。

穆什先生面色比我原来以为的还要黄。他戴着蓝眼镜，他的眼睛珠子在眼镜里面就像老鼠在屏风后面一样转来转去。

穆什先生请求原谅他在这样一个时候来打扰我。一个什么样的时候，他没有明说出来，但是我猜他是想说在我没有打领带的时候。正如你们知道的，这不能怪我。穆什先生完全不知道，然而他没有丝毫见怪的表示。他仅仅担心自己惹人讨厌。我使他的心放下了一半。他对我说，他作为亚历山大小姐的监护人来跟我谈谈。并且他要求我对他原来认为有必要加在让我到寄宿学校去看让娜小姐的许可上的限

---

① 克里萨尔：法国喜剧作家莫里哀（1622—1673）的喜剧《女学者》中的人物。
② 普鲁塔克（约46—约120）：古希腊传记作家，散文家。代表作有《列传》五十篇。

制，完全不必考虑。从今以后普雷费尔小姐的学校每天从中午十二点到四点都会向我开放。知道我关心这个年轻姑娘，他相信他既然把他的受监护人托付给了一个女人，就有责任将这个女人的情况跟我谈谈。普雷费尔小姐，他认识已经有很久了，完全受到他的信任。普雷费尔小姐，照他看来，是一个知识渊博的女人，能给人出好主意，而且品德高尚。

"普雷费尔小姐，"他对我说，"她有原则；眼下，先生，这是很罕见的。目前一切都变得厉害，这个时代和以前那些时代简直不能比。"

"我的楼梯就是个证明，先生，"我回答，"二十五年前它让人轻轻松松地就爬上来了，可是现在从头几级起它就累得我直喘气，两条腿也跟断了一样。它变坏了。还有报纸和书籍，从前我在月光下可以毫无困难地一口气看完，可是今天在大太阳下它们也愚弄我的好奇心，我要是不戴眼镜，它们让我看见的只是一些白颜色和黑颜色。痛风病折磨着我的手脚。这又是时间玩的一个恶作剧。"

"不仅仅是这个，先生，"穆什先生神情严肃地回答我，"在我们这个时代里还有真正坏的呢，那就是没有一个人对自己的境况感到满足。整个社会从上到下，有一种不满，一种焦虑，一种对舒适生活的欲望支配着每一个阶级。"

"我的天主！先生，"我回答，"您认为这种对舒适的渴望是时代的特征吗？在任何时代人都没有对贫困产生过欲望。人永远在企图改善自己的处境。这种经常不断的努力产生了经常不断的革命。它还在继续，仅此而已！"

"啊！先生，"穆什先生回答我，"一看就知道您是生活在您那些书中间，远离世事！您没有像我一样看见那些利害冲突，那些金钱斗争。从大人物到小人物，全都一样地发狂了。全都投身在最疯狂的投机事业里。我看见的这些使我不寒而栗。"

我心里琢磨,穆什先生上我家里来是不是仅仅为了表达他的道德高尚的愤世嫉俗思想;不过我听见一些比较让人快慰的话从他嘴里说出来。穆什先生向我介绍维吉妮·普雷费尔,把她说成是一个值得尊敬、重视和同情的,充满荣誉感的,能够忠诚待人的,有学问的,言行谨慎的,善于高声朗读的,有羞耻心的,会给人贴发疱药的女人。于是我明白了,他向我描绘了普遍堕落腐化的阴暗情景,仅仅是为了通过对比更好地突出女校长的美德。我知道了德姆尔街这所学校生意兴隆,有利可图,而且受到普遍的尊敬。穆什先生为了证实他的声明,伸出了他那只戴着黑羊毛手套的手。接着他补充说:

"我的职业使我对人有所了解。一个公证人多少有点像一个听忏悔的神父。一个难得的好机会使您和普雷费尔小姐有了联系,我相信我有责任,先生,在这个时候把这些有利的情况提供给您。我只有一句话要补充:这位完全不知道我来找您的小姐,有一天曾用满含深切同情的话和我谈到您。这些话如果从我的嘴里再说出来,力量肯定会减弱;况且,我如果把它们讲出来,多少会辜负了普雷费尔小姐的信任。"

"千万别辜负,先生,"我回答,"千万别辜负。对您老实说吧,我一点儿也不知道普雷费尔小姐了解我。不过,既然您作为一个老朋友能够对她产生影响,先生,我倒要利用一下您对我的好感,请求您为了让娜·亚历山大小姐,向您的女友施加一下您的影响。这个孩子——因为她是个孩子——工作负担过重。她同时是学生又是老师,太劳累。此外,我担心,别人让她太清楚地感觉到自己的贫穷,她天性高贵,屈辱会促使她进行反抗。"

"唉!"穆什先生回答我,"必须教会她自己去谋生。人活在世上不是为了找乐子,不是为了随心所欲。"

"人活在世上，"我急忙回答，"是为了从美与善中找到快乐，是为了随心所欲，如果这些所欲是高尚的，是明智的，是慷慨的；不对人之所欲进行训练的教育，是一种败坏心灵的教育。当教师的就应该教导学生怎样去追求。"

我相信我看出穆什先生把我当成一个糊涂人。他非常平静，非常自信地接着说：

"请您想一想，先生，对穷人的教育必须十分谨慎地进行，还要考虑到他们在社会上应处的从属地位。您也许不知道，诺埃尔·亚历山大没有清偿能力而死，他的女儿几乎是靠救济养大的。"

"啊！先生！"我大声叫了起来，"别这么说。这么说就等于索取报酬，那就不再真实可信了。"

"遗产的负债，"公证人继续说下去，"超过资产。但是我和那些债权人达成了对未成年人有利的协议。"

他表示愿意向我做一些详细的解释；我拒绝了，因为我一般来说对金钱事务都不可能了解，特别是对穆什先生的那些事务更不可能了解。公证人重新又努力为普雷费尔小姐的教育方法辩解，最后他作为结论对我说：

"人不应该在玩乐中学习。"

"人应该在玩乐中学习，"我回答，"教学的艺术仅仅是启发年轻心灵的好奇心，然后给予满足的艺术，而好奇心仅仅在情绪快乐时才是强烈的、健康的。强制地灌输知识，反而堵塞、窒息人的智力。为了消化知识，就应该津津有味地把它吃下去。我了解让娜，如果这个孩子托付给我，我不会把她培养成为一个学者，因为我希望她幸福，而是要把她培养成为一个闪耀着智慧与活力的光辉的孩子，大自然和艺术中的一切美好东西都在她身上以一种柔和的光芒反映出来。我要让她过着与美丽的风景、诗和历史中的理想景象、感情高尚的音乐和谐一致的生活。凡是我希望她喜爱的东西，我都要让她觉得可爱。甚至连针线活，我也要通过对料子的挑选、刺绣的花样和镂空花边的图案，在她的心目中提高它。我要给她一条美丽的狗和一匹小马驹来教她怎样照料天主的造物；我要给她一些小鸟去喂养，好让她懂得一滴水和一粒面包屑的价值。为了再给她创造一种快乐，我希望她是乐善好施的。既然痛苦是不可避免的，既然生活中充满了苦难，我要用这种使我们超越于一切苦难之上，甚至把美赋予痛苦的基督教的智慧教导她。这就是我所理解的对一个年轻姑娘的教育。"

"钦佩、钦佩。"穆什先生戴着黑羊毛手套的双手合在一起，对我说。

接着他站了起来。

"您当然明白，"我一边送他，一边对他说，"我并不打算把我的教育方法强加给普雷费尔小姐，我的教育方法纯属私人性质的，与办得最好的寄宿学校的体制是完全不相容的。我仅仅请求您说服她给让娜少一些工作，多一些娱乐，不要羞辱她，把校规所能允许的身心两方面的自由给予她。"

穆什先生带着似笑非笑的神秘笑容向我保证，我的意见会被从好的方面去理解，会受到重视。

接着他朝我点了点头，就出去了，把我留在一种困惑不安而又不舒服的状态之中。我一生中与各种不同的人都有过来往，但是其中没有一个像这位公证人和这位女校长。

穆什先生的来访把我耽搁到很晚，那一天我只好放弃去看让娜的打算。一些业务上的职责占据了那个星期剩下的时间。虽然已经到了超然物外的年纪，我还是和我生活在其中的世界有着无数纽带紧密联系在一起。我主持一些研究院、一些大会和一些协会。我担任了许许多多荣誉职位，仅仅在一个政府部门里就有七个之多。那些领导机构的人当然很希望摆脱我，我当然也希望摆脱他们。但是习惯的力量超过他们，也超过我，我继续蹒跚地爬着政府各部门的楼梯。在我死后，那些老传达还将会互相指点着看我那徘徊在走廊里的影子。人到了很老很老以后，他就会变得极其难以消失。然而，正如歌曲里说的，现在是该退休，安排一个归宿的时候了。

有一位明哲的老侯爵夫人，年轻时是爱尔维修①的朋友，我在我父亲家见到她，她已经非常老了。在最后一次病中她接受她的本堂神父的拜访，他想帮她做死亡的准备。

"这种事有这么必要吗？"她回答他，"我看见所有的人都是一次就获得完满成功。"

我的父亲没多久以后去看她，发现她情况非常不好。

"晚安，我的朋友，"她握住他的手，对他说，"我很快就要看到，天主在他被认识以后是否会给人印象好一些。"

哲学家们的那些美丽的女友就是这样去死的。这种死法当然不是粗俗的傲慢无礼，而且像她说的这种放肆话也是傻瓜们的头脑里想不

---

① 爱尔维修（1715—1771）：法国启蒙思想家、唯物主义哲学家。主要著作有《精神论》等。

出来的。但是我感到厌恶。不论是我的担心还是我的希望都没法适应这样的离开。我希望我离开前能静下心来略微思考一下；正是为了这个缘故，在今后几年之内我必须想到把自己还给自己，否则就有危险……但是，嘘！可别让"他"经过时听到他的名字回过头来；我没有他还能抱起我的柴捆。[1]

我发现让娜十分高兴，她告诉我上个星期四在她的监护人来访以后，普雷费尔小姐答应她不必遵守规章制度，而且减轻了她的工作。从这个幸运的星期四开始，她可以自由自在地在仅仅缺乏花朵和绿叶的花园里散步；她甚至有可能去做她那个不幸的小圣乔治。

她笑容满面地对我说：

"我知道，多亏了您我才能得到这一切。"

我和她谈别的事，但是我注意到，她并没有能够像她自己希望的那样仔细地听我说。

"我看出您有什么心事，"我对她说，"把它告诉我吧，否则我们之间只会谈一些毫无用处的事，对您对我这都是不值得的。"

她回答我：

"啊！我在听您说，先生；但是我也确实在想别的事。您会原谅我，是不是？我在想普雷费尔小姐一定非常爱您，才会一下子变得对我这么好。"

她望着我，那种同时微笑而又害怕的神情使我笑了出来。

"您感到奇怪吗？"我说。

"感到非常奇怪。"她回答我。

"请问，为什么？"

---

[1] 法国寓言诗人拉封丹有一首寓言诗叫《樵夫和死神》：樵夫年老贫困，疲惫不堪，叫唤死神；死神立即来了，惊慌失措的樵夫说叫他来仅仅是为了帮助自己搬柴捆。

"因为我完全看不出有什么理由会让普雷费尔小姐喜欢您。"

"这么说，您认为我很不讨人喜欢吗，让娜？"

"啊！不，但是我确实看不出有什么理由让普雷费尔小姐喜欢您。然而她非常非常喜欢您。她让人把我叫去，向我提出各式各样关于您的问题。"

"真的？"

"是的，她想了解您家里的情况。她甚至问到您的女管家的年纪！"

"啊！"我对她说，"您怎么想呢？"

她眼望着穿破了的高帮呢鞋子，望了很长时间，好像在全神贯注地沉思。最后她抬起头来，说：

"我不信。一个人对自己不了解的事感到不放心，是非常自然的，对不对？我知道我这个人很轻率，但是我希望您别生我的气。"

"当然，让娜，我不会生您的气。"

我承认她的惊奇也感染了我，我在我衰老的脑袋里反复考虑着年轻姑娘的这个想法：人对自己不了解的事感到不放心。

但是让娜又微笑着说：

"她问我……您猜猜看！……她问我您是不是喜欢吃好的菜肴。"

"让娜，您又是怎么接受这接连不断的盘问的？"

"我回答说：'我不知道，小姐。'小姐对我说：'您是一个小傻瓜。一位杰出人物的生活中最细微的小事都应该注意。您要知道，小姐，西尔维斯特·波纳尔先生是法兰西大名鼎鼎的人物之一。'"

"见鬼！"我叫了起来，"您怎么想呢，小姐？"

"我想普雷费尔小姐是对的。但是我完全不希望……（我要对您说的，我知道很不好）在不管什么事上我都完全不希望普雷费尔小姐是对的。"

"好吧！您会满意的，让娜；普雷费尔小姐不对。"

"不！不！她确实是对的。但是我希望爱所有爱您的人，所有的，没有一个例外，但是我办不到，因为爱普雷费尔小姐对我说来将是永远不可能的事。"

"让娜，请听我说，"我严肃地回答，"普雷费尔小姐变得对您好了，您也要对她好。"

她口气生硬地回答：

"对我好普雷费尔小姐很容易做到；对她好我却很难做到。"

我使用了更加严肃的口气接着说：

"我的孩子，师长的权威是神圣的。您的寄宿学校校长在您身边代表您失去的母亲。"

这句庄严的蠢话刚说出口，我就感到后悔莫及。孩子的脸色发白，两只眼睛含满了泪水。

"啊！先生！"她高声嚷道，"您，您怎么能说出这样一句话来？"

是的，我怎么能说出这句话来？

她重复说：

"妈妈！我亲爱的妈妈！我可怜的妈妈！"

出于偶然我没有把蠢事干到底。也不知是怎么回事，我看上去好像哭了。上了我这个年纪的人是不会再哭了。一定是一阵狡猾的咳嗽把泪水从我的眼睛里引了出来。总之，这会使人搞错的。让娜搞错了。啊！这时候就像夏天一场雨后树枝间的阳光一样，从她潮湿的美丽睫毛里面闪耀出多么纯洁，多么明亮的微笑啊！我们互相拉着手，就这样待了好长一段时间，什么也没有说，感到非常幸福。

"我的孩子，"最后我说，"我已经很老了，生活中有许多您将逐渐发现的秘密，对我来说，已经不是秘密了。请您相信我：未来是由过去形成的。为了在这儿生活得好，没有憎恨，没有痛苦，您所做的一切，将来对您有一天在您自己的家里过上和平快乐的生活会有用。要温和，要学会忍受痛苦。一个人越能忍受痛苦，也就越少忍受痛苦。哪一天您有了一个真正的抱怨理由，我会来听您说。如果您受到欺侮，德·加布里夫人和我，我们也会感到跟您一起受到欺侮。"

"您的身体非常健康吗，亲爱的先生？"

伴着微笑向我提出这个问题的是悄悄来到的普雷费尔小姐。我的头一个想法是请她滚远些；第二个想法是看出她那张嘴适合于微笑，正像平底锅适合于当琴拉一样；第三个想法是向她还礼，并且对她说我希望她身体好。

她把年轻姑娘打发到花园去散步；接着她一只手按在短披肩上，另一只手伸向光荣榜，指给我看用圆体字写在榜首的让娜·亚历山大的名字。

"我无比高兴地看到,"我对她说,"您对这个孩子的表现感到满意。再没有能比这更使我愉快的了,而且我倾向于把这个令人满意的结果归因于您充满深情的关怀。我冒昧地让人给您送来了年轻姑娘也许会感兴趣并从中得到教益的几本书。您略微过目以后,就能断定您是不是应该把它们交给亚历山大小姐和她的同伴们看。"

寄宿学校校长的感激甚至到了动真感情的地步,而且化成滔滔不绝的言词。为了打断它,我说:

"今天天气非常好。"

"是的,"她回答我,"如果继续好下去,这些可爱的孩子就可以有一个好天气去玩耍了。"

"您想说的一定是假期。但是亚历山大小姐没有父母,不会离开这儿。在这所大空房子里,我的天主,她干什么呢?"

"我们将尽可能使她得到消遣。我要领她到博物馆和……"

她犹豫了一下,接着脸发了红,说:

"……和您的家里去,如果您允许的话。"

"当然可以!"我叫了起来,"这倒是一个好主意。"

我们怀着十分友好的感情分手了。我对她感到友好,是因为我得到了我希望得到的;她对我感到友好,没有什么显而易见的动机,按照柏拉图[1]的说法,这可以使她爬上灵魂等级的最高一级。

然而我是怀着不祥的预感把这个人请到我的家里来的。我真希望

---

① 柏拉图（前427—前347）：古希腊唯心主义哲学家。他建立了欧洲哲学史上第一个最庞大的客观唯心主义体系。他认为人的灵魂（即人性）有理性、意志和情欲三个部分，国家是放大了的个人，在他的"理想国"里，相应于人性的三个部分，分为三个等级："智慧"的人（哲学家）统治一切，"勇敢"的人（武士）保卫国家，从事劳动生产的人（农民、手工业者）则以"节制"欲望为其"美德"。

让娜落在别人的手里而不是落在她的手里。穆什先生和普雷费尔小姐的智力是我的智力所不能达到的。我永远不知道他们为什么说他们说的话，也永远不知道他们为什么做他们做的事；在他们身上有着一些神秘不可测的东西，使我感到局促不安。正如让娜刚才说的：人对自己不了解的事感到不放心。

唉！到了我这个年纪的人太了解生活是多么不纯洁，太了解在这个世界上活长了会失去什么，而且仅仅对年轻人才信任。

8 月 16 日

我等着她们。说真的，我怀着迫不及待的心情等着她们。为了促使泰雷丝好好地接待她们，我把我的奉承和讨好的本领完全施展出来，但是这还远远不够。她们来了。真的，让娜非常娇艳。当然她不像她的外祖母。但是今天我头一次注意到她有一副讨人喜欢的相貌，在这个世界上对一个女人说来这是非常有用的。她在微笑，书城也因此充满了喜气。

我偷偷观察泰雷丝，看她这个老管家婆的严厉态度，在见到这个年轻姑娘以后是否有所缓和。我看见她呆滞的眼睛，皮肤松垂的脸，瘪嘴，还有能力强大的老仙女的那种尖下巴，都一动不动地朝着让娜。仅此而已。

普雷费尔小姐穿着蓝衣裳，她前进、后退、跳跃、小跑、叫喊、叹气、垂下眼睛、抬起眼睛、满口客气话、先是不敢、后来敢了，又不敢了，接着又敢了，行屈膝礼，总之一套鬼把戏。

"多少书啊！"她嚷道，"您全都看过吗，波纳尔先生？"

"唉！是的，"我回答，"正是因为这个缘故我什么也不知道，因为这些书里没有一本不与另一本相矛盾，因此当您全都看过以后，就会不知道该怎么想了。我就是到了这个地步，夫人。"

接着她叫让娜，想说一说自己的印象。但是让娜在窗口朝外望。

"多么美啊！"她对我们说，"我喜欢看河水流动。它使人想到那么多的事情！"

普雷费尔小姐脱掉帽子，露出金黄色鬈发装饰着的额头，我的女管家使劲地一把抓住帽子，说她不喜欢看见旧衣服乱放在家具上。接着她走近让娜，向她要"她的衣帽"，称呼她小小姐。小小姐把短斗篷和帽子交给她，露出优美的脖子和丰满的身材，它们的轮廓在窗口强烈的阳光中清清楚楚地显现出来。我真希望这时候看见她的是另外一个人，而不是一个上了年纪的女仆人、一个头发卷得像羊羔的寄宿学校女校长和一个是古文献学家的老头儿。

"您在看塞纳河，"我对她说，"它在阳光下闪闪发光。"

"是的，"她趴在窗子的扶手栏杆上，回答，"简直像火焰在流动。但是您看看那边，岸边的柳树倒映在河水里，河水在柳荫下看上去多么清凉。这个小小的角落比其余任何部分都更让我喜欢。"

"好！"我回答，"我看出这条河在吸引您。如果在普雷费尔小姐的同意下，我们乘轮船上圣克卢①去，您说怎么样？我们在国王桥下游肯定能找到轮船。"

让娜对我的这个主意很满意，普雷费尔小姐决定作出一切牺牲。但是我的女管家不乐意就这样放我们走掉。她把我领到餐厅，我心惊胆战地跟着她走进去。

---

① 圣克卢：巴黎西面的一个小镇，在塞纳河边，旁边有圣克卢公园。

"先生，"等只有我们两个人时她对我说，"您总是什么也不考虑，需要由我来想到一切。幸而我的记忆力很好。"

我并不认为这时候揭穿她这个大胆的幻想是适宜的。她继续说下去：

"您就这样打算出去，却不讲给我听听小小姐喜欢什么？您这个人让您满意是很难的，但是至少您知道什么是好的。这些女孩子就不一样。她们不懂菜肴的好坏。常常最好的她们觉得最坏，而不好的她们又觉得好，这是因为她们的胃还没有固定在它的位置上，所以没法知道怎么对付她们。请告诉我，小小姐是不是喜欢青豌豆烧鸽子和夹心巧克力酥球。"

"我的好泰雷丝，"我回答，"随您的意思办吧，一定会非常好。这两位女客人对我们简朴的家常饭菜会感到满意的。"

泰雷丝冷冰冰地回答：

"先生，我和您谈的是小小姐；不应该让她离开我们家不吃点什么。至于那个卷头发的老太婆，如果我的晚饭不合她的口味，她很可以去吮她自己的手指头。我不在乎。"

我放心地回到书城里，普雷费尔小姐正安静地用钩针编织，简直就像是在她自己家里。我自己也差点儿这么相信。她在窗子的角落里占据的地方确实很小。但是她挑选她的椅子和搁脚凳挑选得那么好，这些家具简直就像为她定做的。

让娜却相反，她望着那些书和画，恋恋不舍的目光几乎就像是进行充满深情的告别。

"噢，"我对她说，"把这本书翻着玩玩，你不会不喜欢，因为书里有一些美丽的版画。"

我在她面前打开了维塞利奥①的服装图集，请原谅，不是现代画家复制得很差的那种平庸的本子，而是一本豪华的、古老的初版本，它和画在它的随着时间发黄、变得漂亮的纸页上的那些贵妇一样高贵。

让娜一边怀着天真的好奇心翻着版画，一边对我说：

"我们谈到过散步，但是您现在是在让我进行一次旅行。一次长途旅行。"

"好呀！小姐，"我对她说，"要旅行就得把自己安排得舒舒服服。您坐在椅子的一个角上，让椅子的三条腿悬空，这本维塞利奥一定压得您的双膝很累。坐坐好，把椅子放平稳，把书放在桌子上。"

她微笑着服从我，对我说：

"先生，看看这套美丽的服装（这是一位督治②夫人的服装）。多么高贵，它使人产生何等富丽堂皇的想法！然而奢侈，就是美！"

"不应该表示出这种思想，小姐。"寄宿学校女校长从她的钩针活儿上抬起一只有缺点的小鼻子，说。

"这没有什么好指责的，"我回答，"有些奢侈的心灵天生地爱好富丽堂皇。"

有缺点的小鼻子立刻低了下去。

"普雷费尔小姐也喜欢奢侈，"让娜说，"她用纸给灯剪了一些透明画。这是省钱的奢侈，但是总归是一种奢侈。"

我们回到威尼斯，结识了一位穿着一件绣花长袍的女贵族，这时候我听见了门铃声。我以为是带着柳条筐的糕点铺小伙计。但是书城

---

① 维塞利奥（约1521—1601）：意大利画家，擅长于版画。他的《古今服饰图集》于1590年在威尼斯出版，有图420幅。
② 督治：意大利北部共和国威尼斯的终身职首领的音译，一译总督。

的门开了……老西尔维斯特，你刚才还盼望有另外的眼睛，而不是戴眼镜的、干枯的眼睛看见您千娇百媚的被保护人；您的愿望以最出乎意料的方式实现了。有一个声音就像对轻率的泰塞<sup>①</sup>一样对你说：

> 提防吧，老爷，提防严厉的老天
>
> 会恨您恨到满足您的心愿。

书城的门开了，一个英俊的年轻人由泰雷丝领着走进来。这个头脑单纯的老妇人只知道给人开门或者关门；她对为什么有候见室和客厅的那些奥妙一窍不通。她的习惯里不存在向主人通报或者让客人等候。她或者把人推出门外，或者把人一下子带到您面前。

因此这个英俊的年轻人就这样一下子给领了进来，而我确实不能够把他像可怕动物那样立刻关到隔壁的屋子里去。我等着他解释，他从容不迫地解释，但是我觉得他在注意身子俯在桌上，翻阅维塞利奥的年轻姑娘。我望着他；如果我没弄错的话，我过去好像在什么地方见过他。他说他的名字叫热利。这是一个我不知道在什么地方听见过的名字。总之，热利先生（既然是叫热利）长得非常好。他告诉我，他在巴黎文献学院读三年级，将近一年半以来他一直在准备毕业论文，论文的题目是 1700 年本笃会<sup>②</sup>修道院状况。他刚读过我关于 monasticon<sup>③</sup> 的著作，他深信，首先如果没有我的指点，其次如果没有我掌握的一部手写本，他就不可能成功地完成他的论文。我掌握的这

---

① 泰塞：法国剧作家拉辛（1639—1699）的悲剧《费德尔》中的人物。下面这两句诗见于该剧第五幕第三场。
② 本笃会：由意大利人圣本笃（480—547）创办的修会。
③ 拉丁文："修道院"。

部手写本仅仅是西多会修道院①1683 年到 1704 年的账簿。

在向我说明这几点以后，他交给我一封介绍信，信上签着我那位最著名的同行的名字。

好啊，我记起来了，热利先生就是去年在栗树下骂我是蠢货的那个年轻人。我打开他的介绍信，心里想：

"啊！啊！不幸的人，你绝不会想到我曾经听见你说的话，知道你对我有什么想法……或者至少在那一天你有过什么想法，因为这些年轻人的脑袋是那么轻浮！我抓住你了，轻率的年轻人！你落在狮子的洞穴里啦，而且说真的！是这么突然，感到意外的老狮子一时还不知道拿猎物怎么办。但是你，老狮子，你不是一个蠢货吗？如果你现在不是，你过去也曾经是。你在玛格丽特·德·瓦卢亚②的雕像底下听热利先生说话，是一个傻瓜，你听见了他说的话，是一个双倍的傻瓜，你没有忘掉最好没有听见的话，是一个三倍的傻瓜。"

在这样对老狮子进行申斥以后，我又劝它宽大为怀。它没有让我再三请求，很快就变得那么快活，甚至不得不克制住自己，才没有发出欢呼声。

我看我同行的来信的那种看法，很可能让人认为我连字母都不认识。看的时间很长，热利先生很可能感到无聊，但是他望着让娜，耐心地等候。让娜偶尔也朝我们这边转过头来。一个人总不能老待着不动，对不对？普雷费尔小姐整理了一下她的环形鬈发，她的胸脯因为

---

① 西多会修道院：天主教隐修院之一。1098 年由法国人罗贝尔创办于法国第戎附近的西多旷野，故名。
② 玛格丽特·德·瓦卢亚：前面说是在玛格丽特·德·纳瓦拉的雕像下。玛格丽特·德·纳瓦拉是法国瓦卢亚王族的公主，但她嫁给纳瓦拉国王前称为玛格丽特·德·昂古莱姆。玛格丽特·德·瓦卢亚一般指法国国王亨利二世的女儿（1553—1615），她嫁给纳瓦拉国王亨利三世，也就是后来的法国国王亨利四世。1599 被亨利四世休弃。

低声叹息而起伏。应该说我自己也常常有这种低声叹息光顾的荣幸。

"先生，"我一边把信折好，一边说，"很高兴能为您效劳。您从事的研究工作，我自己也曾经感到极大兴趣。我做了我所能做的事。我像您一样——甚至比您知道得清楚——还有多少事留下来需要做。您要的手写本完全供您使用，您可以带走，不过它体积不算最小，我担心……"

"啊！先生，"热利对我说，"再大的书也不会把我吓倒。"

我请年轻人稍稍等候，接着我到旁边一间书房里去寻找账簿。我起先没有找到，甚至对能否找到它也不抱希望了，因为我从一些迹象中看出我的女管家曾经整理过这间屋子。但是账簿那么大，那么厚，泰雷丝没有能够把它完全藏好。我使劲把它抱起来，发现它像我希望的那么沉重，我感到很快乐。

"等等，我的小伙子，"我带着肯定是十分讽刺的微笑对自己说，"等等，我要让它压你，先压断你的胳膊，然后压烂你的脑子。这是西尔维斯特·波纳尔的第一个报复。以后的事我们以后再说。"

我回到书城，听见热利在对让娜说："威尼斯女人在一种金黄色的染液里浸头发。她们的头发像蜂蜜一般黄，像金子一般黄。但是有的头发是自然色，比蜂蜜和金子的颜色漂亮得多。"让娜用若有所思的、聚精会神的沉默来回答。我猜到应该由维塞利奥这个坏蛋负责，他们身子曾经俯向书本，一同观看那位督治夫人和那些贵族妇女。

我带着我那本巨大的旧书出现，心里想热利这一下要皱眉头了。这得一个送货工人来搬运，我的两条胳膊已经感到酸痛了。但是这个年轻人像拎一根羽毛似的把它拎起来，微笑着往胳膊底下一挟，接着他简简单单地向我表示道谢，简单得让我满意，他提醒我他需要我的指点，在约定了下次谈话的日期以后，从容不迫地向我们一一行礼，退了出去。

我说：

"这个小伙子很可爱。"

让娜翻了几页维塞利奥，没有回答。

我们到圣克卢去了。

9—10 月

对老人的拜访准确无误地继续下去，我不由得深深地感激普雷费尔小姐。她最后在书城里有了一个属于她的角落。她现在说：我的椅子、我的搁脚凳、我的架子。她的架子指的是一块书橱搁板，她把上面的那些香槟省①诗人统统撵走，放她的盛编织活儿的口袋。她非常和蔼可亲，我一定是个怪物才没有喜欢上她。我千真万确地是在容忍她。但是为了让娜我什么不能容忍呢？她给书城增添了魅力，在她走了以后我还能享受到回忆带来的快乐。她没有受过多少教育，但是她的天赋是那么高，当我希望让她看看一件美好的事物时，我发现自己从来没有看见过它，是她使我看见的。如果说直到此时此刻我还不能使她领会我的思想，我却常常从领会她的那些才智横溢、别出心裁的思想里得到快乐。

一个比我明智的人，会想到使她成为有用的人。但是讨人喜欢，这在生活中不就是有用吗？她不算漂亮，但是很迷人。迷人，这也许和补袜子一样有用。况且我并不是永远不会死的，等我的公证人（当

①　香槟省：法国古省，包括今天的奥布、马恩、上马恩、阿登和荣纳五省。1847 年至 1864 年法国曾出版《十六世纪以前香槟省诗人诗集》共二十四卷。

然他不是穆什先生）向她宣读不久前我刚签字的一份文件时，毫无疑问，她还不会很老。

我希望不是别人而是我来帮助她成家，给她陪嫁。我自己并不很富有，父亲留下的遗产在我手里也没有增加，钻研古文献是发不了财的。但是我的书籍，就这种高贵的食粮今天能卖的价钱来看，还是值几文钱的。在书橱的这块搁板上有好几位十六世纪的诗人的作品，银行家们和王侯们会出高价互相争夺。我相信西蒙·沃斯特[①]这本《日课经》和供克洛德王后[②]使用的这本 Preces piae[③] 一样，在西尔维斯特大厦[④]决不会不被注意。我千方百计收集、保存所有这些塞满书城的、

———————————
① 西蒙·沃斯特：参见 55 页注①。
② 克洛德王后（1499—1524）：法国王后，信教非常虔诚。
③ 拉丁文：《信教指导》。
④ 西尔维斯特大厦：巴黎拍卖大厦有一个专门拍卖书籍的大厅叫西尔维斯特厅，法朗士将大厅的名字误作为拍卖大厦的名字。

罕见而珍贵的书籍，长期以来我一直相信它们像空气和阳光一样对我的生命是不可或缺的。我非常喜爱它们，今天我还忍不住要朝它们微笑，要抚摸它们。这些摩洛哥皮看上去多么惹人喜爱，这些小牛皮摸上去多么柔软！在这些书中没有一本不以其独特的价值而配得上高尚文雅的人的尊敬。能够恰如其分地高度评价它们的，将是怎样的另一位占有者呢？我怎么能够知道，一位新主人不会让它们在无人照管的情况下逐渐毁灭，不会出于无知者的任性把它们毁坏得残缺不全？《圣热尔曼-德-普莱历史》的那个无与伦比的版本，页边上有作者堂雅克·布耶尔本人亲笔所加的内容丰富的注释，它将落到谁的手里呢？……波纳尔老师，你是一个老疯子。你的女管家，那个可怜的女人，剧烈的风湿病把她困倒在床上。让娜和陪伴她的那个女人要来，你非但没有考虑怎么接待她们，反而想到无数的蠢事。西尔维斯特·波纳尔，你干任何事都不会成功，这是我讲的，错不了。

就在这时候我从窗口看见她们从公共马车上下来。让娜像猫一样往下跳，普雷费尔小姐把自己完全交付给车夫的强壮的胳膊，那种羞答答的娇媚神态完全像一个幸免于海难，这一次顺从地让自己被救起来的薇绮尼 ①。让娜抬起头，看见我，朝我做了一个不易觉察的表示诚挚友谊的手势。我发现她漂亮，不过没有她的外祖母那么漂亮。但是她的娇媚是我这个老疯子的快乐和安慰。至于那些年轻的疯子（现在还有），我不知道他们会怎么想；这不是我的事……但是波纳尔，我的朋友，难道还需要再对你重复一遍，你的女管家躺在床上，你应该亲自去开门吗？

开门吧，冬天老人……是春天在拉门铃。

---

① 薇绮尼：法国感伤主义代表作家贝纳丹·德·圣毕哀尔（1737—1814）的小说《保尔和薇绮尼》的女主人公。薇绮尼因船遇难身亡。

这确实是让娜，全身粉红色的让娜。普雷费尔小姐气喘吁吁，面带愠色，还差一层楼才能爬到这一层。

我解释了我的女管家的情况，提出上饭馆去吃饭。但是泰雷丝尽管躺在病床上，依然拥有至高无上的权力，她决定晚餐必须在家里吃。照她的意见，正派的人不在饭馆里吃饭。况且她把一切都准备就绪。晚餐的菜已经买好；女看门人可以来烧。

勇敢的让娜希望去看看年老的女病人是不是需要什么。您也能想象到，她很快地就被赶回客厅，不过并没有像我有理由担心的那样受到粗暴的对待。

"如果我需要别人服侍我，但愿不致如此！"她得到这么一个回答，"我会找到一个没有您这么娇滴滴的人。我需要的是休息。这是一种您没有在市场上挂着'一指贴唇别说话'的招牌出卖的货物。去乐吧，不要待在这儿。这有害于健康：衰老是会传染的。"

让娜转述这番话以后，补充说她非常喜欢老泰雷丝的语言。普雷费尔小姐听了，责备她趣味不够高雅。我为她辩护，引证了许多优秀的乡土方言的促进者，他们都曾经拜干草码头的搬运工人和年迈的洗衣妇为师学习语言，但是普雷费尔小姐的趣味太高雅，我的理由不可能说服她。

就在这时候，让娜脸上流露出恳求的表情，要我允许她围上白围裙到厨房去准备晚餐。

"让娜，"我用主人的那种严肃口气回答，"我相信，如果是为了打碎碟子，碰破盘子，敲瘪锅子和撞穿水壶，泰雷丝安置在厨房里的那个衣裙肮脏的女人就足以完成任务，因为我这时候好像听见从厨房里传来灾难性的响声。然而，让娜，我还是要派您去做餐后点心。去找一条白围裙；我要亲手给您围上。"

我确实郑重其事地把围裙在她腰上系结实，她奔进厨房去，正如我们后来知道的，准备一些精美的菜肴。

我对这个小小的安排不应该感到满意，因为普雷费尔小姐单独跟我留下以后，采取了令人不安的态度。她用一双充满泪水和热情的眼睛望着我，发出一声巨大的叹息。

"我可怜您，"她对我说，"一个像您这样的人，一个杰出的人，竟单独地跟一个粗鄙的女仆（因为她是粗鄙的，这一点不容置疑）生活在一起！多么冷酷的生活！您可能会生病。您需要休息、照料、尊重和各种各样的关怀；没有一个女人不把换成您的姓，和您共同生活，看成是莫大荣幸。不，没有一个女人不会如此；是我的心这样告诉我的。"

她把双手紧按在这个不断地准备跳出来的心上。

我确确实实陷入绝望之中。我试着向普雷费尔小姐指出，我不打算这么大年纪还对我的生活方式做任何改变，我已经得到了我的性格和我的命运所允许的那么多的幸福。

"不！您并不幸福，"她叫了起来，"在您身边应该有一个能够了解您的人。从您的麻木不仁中摆脱出来，朝您周围瞧瞧吧。您有广泛的交往，有一些极好的熟人。研究院院士不可能不经常出入上流社会。看看，判断判断，比较比较。一个明智的女人不会拒绝您的求婚。我是女人，先生，我的本能不会欺骗我；有种感觉告诉我，您从婚姻里可以得到幸福。女人是如此忠诚，如此多情（毫无疑问，不是所有的女人，而是一些女人）！再说她们对光荣是很敏感的！您的女厨子不再有力气；她耳朵聋，身体残废；要是您夜里遇到不幸就糟了！啊！我一想到这事儿，就浑身发抖！"

她真的发抖了；她闭上眼睛，握紧拳头，两脚跺地。我的沮丧达到了顶点。她怀着多么可怕的热情接着说下去：

"您的健康！您宝贵的健康！我会非常乐意地流尽最后一滴血，去维护一位学者、一位作家、一位功绩卓著的人、一位研究院院士的生命。做不到这一点的女人，我会鄙视她。瞧，先生，我认识一位伟大的数学家，一个把一本本练习本写满演算题，家里的所有橱柜都塞满了这种练习本的人的妻子。他有心脏病，眼看着一天天衰弱下去。我看见他的妻子待在他身边若无其事。我忍不住，有一天对她说：'我亲爱的，您没有心肝。换了我是您，我会……我会……我不知道我会做什么！'"

她精疲力竭地停住。我的处境糟糕透顶。直截了当地告诉普雷费尔小姐我对她的劝告有什么想法，连想也不应该这么想。因为跟她闹翻了，也就失掉了让娜。因此我稳妥地应付这件事。况且她在我的家里：这个考虑帮助我保持几分谦恭的态度。

"我年纪很大了，小姐，"我回答她，"我担心您的忠告来得稍微迟了一点。不过我还是要考虑。现在请您平静下来。喝一杯糖水会对您有好处。"

使我大吃一惊的是听了这番话她一下子平静下来，我看见她安心地坐在她的角落里，她的架子旁边，她的椅子上，双脚放在她的搁脚凳上。

这顿晚餐完全失败。普雷费尔小姐因为陷入梦想之中，所以一点儿也没有注意到。我平时对这种不如意的事非常容易生气；但是这一件不如意的事引起让娜那么大的快乐，以至我自己到最后也从中得到了快乐。我到了这个年纪，还不知道一只一边烧焦一边生的小鸡是一样滑稽可笑的东西；让娜清脆的笑声让我懂得了。小鸡使我们说出了许许多多我已经忘掉的十分有趣的话，我非常高兴它没有给烤好。

晚餐到结束时也并不是没有令人满意之处，围着白围裙，身子瘦长笔挺的年轻姑娘端来了她做的泡沫蛋白。在淡金黄色的汁水里，蛋白闪出最坦率真诚的光芒，散发出一股沁人心脾的香草香味。她带着夏尔丹①画笔下的家庭主妇的那种纯朴的严肃态度把蛋白放在桌子上。

在我的内心深处，我感到惶恐不安。普雷费尔小姐的结婚的狂热已经爆发出来，和她长久地维持友好关系，在我看来几乎有点不可能了。校长一走，女学生也就再会了！我利用这个好心肠的人去穿她的披风的时候，问让娜的准确年龄是多少。她十八岁零一个月。我屈指计算，算出她在过完两年十一个月以前还不会成人。整个这段时间怎么度过呢？

在和我分别时，普雷费尔小姐含有深意地望着我，我浑身上下不

---

① 夏尔丹（1699—1779）：法国画家，善于描绘家庭生活场景，把日常生活诗化。

由得直打哆嗦。

"再见，"我严肃地对年轻姑娘说，"不过请听我说：您的朋友老了，您很可能失去他。答应我，决不要失去您自己，那我就可以安心了。天主保佑您，我的孩子！"

关上门以后，我打开窗子，想看着她走去。夜色很暗，我只看见几个模模糊糊的影子在黑暗的沿河街上滑动。城市广阔低沉的嗡嗡声升到我的耳边，我的心抽紧了。

12 月 15 日

蒂莱国王[1]保存着他的情妇留给他作纪念的一只金高脚酒杯。临终前，他明白自己喝的是最后一次酒，于是把杯子扔到大海里。像大雾茫茫的海洋里的老君主保留他的精工雕镂的酒杯一样，我保留着这本记事簿子，而且如同他沉掉他爱情的宝物一样，我将烧掉这本日记簿。我要毁掉我微贱的一生留下的纪念，当然不是出于一种高傲的吝啬心理，也不是出于一种自私的自尊心；而是担心那些对我来说既宝贵又神圣的事情，由于缺乏写作技巧，会显得平庸而可笑。

我这么说，并不是由于接下来要发生的事。当我被邀请到普雷费尔小姐家吃晚饭，坐在这个令人不安的女人左边的一把安乐椅（这确实是一把安乐椅）上的时候，要说可笑，我确实很可笑。饭桌摆在一间小客厅里。有缺口的盆子，不成套的酒杯，刀柄松动的餐刀，叉齿发黄的餐叉，能把一个有教养的人的胃口一下子倒光的东西再也不缺什么了。

---

[1] 蒂莱国王：德国诗人歌德的一首叙事诗（1774），还有诗剧《浮士德》里都曾提到的一位国王。蒂莱是古希腊人和古罗马人认为在已知世界最北边的一个地方。

这顿晚餐我私下里得知是为了我，仅仅为了我一个人准备的，虽然穆什先生也受到邀请。普雷费尔小姐一定是认为我对黄油有着萨尔马特人①的癖好，因为她用来款待我的黄油哈喇得厉害。

烤肉使我的兴致败坏殆尽。但是我怀着愉快的心情听着穆什先生和普雷费尔小姐谈论道德。我说愉快的心情，其实是应该说惭愧的心情，因为他们表达出来的感情，是我那粗鄙的天性远远不能达到的。

他们所说的向我一清二楚地证明，献身精神就是他们每天的食粮，作出牺牲对他们说来，就像空气和水一样必不可少。看到我不吃，普雷费尔小姐出于好心，说我是太客气，她尽了一切努力来克服它。让娜没有参加这次宴会，我得到的解释是，她出席会违反校规，破坏在那么多年轻女学生中间如此需要维持的平等关系。

愁眉苦脸的女用人端上一道粗劣的餐后点心，然后像影子似的消失。

这时候，普雷费尔小姐怀着无比激动的心情向穆什先生叙述，我的女管家卧病在床那天，她在书城里和我谈到的那一切。她对一位院士的仰慕，她对看到我生病和孤单的担心，她对一个聪明女人如果分享我的生活一定会感到幸福和骄傲的确信，她什么也没有隐瞒；正相反，她还添加了不少新的荒唐话。穆什先生一边点头，一边咬开榛子。听完了所有这些无稽之谈，他带着和悦可亲的笑容问我是怎么回答的。

普雷费尔小姐一只手按在心口上，一只手伸向我，大声嚷道：

"他是那么多情，那么卓越，那么善良，那么伟大！他回答说……可是我，我这样普通的一个女人，没法把一位院士的话复述出来；我只能概括地说一说。他回答说：'是的，我理解您的意思，我接受。'"

---

① 萨尔马特人：古代游牧民族。古希腊历史学家希罗多德（约前484—约前425）曾描写过这个民族的许多风俗。

这样说完以后,她握住我的一只手。穆什先生十分感动地站起来,抓住我的另一只手。

"我向您祝贺,先生。"他对我说。

在我一生中我也偶尔害怕过,但是具有像这样令人恶心的性质的恐惧,我还从来没有感到过。

我挣脱两只手,站起身来,尽可能让我说的话显得郑重其事:

"夫人,"我说,"不是我在我家里没有把自己的意思说清楚,就是我在这儿误解了您的意思。在两种情况下,一个明确的声明都是必要的。请允许我,夫人,坦率地说出来。不,我没有理解您的意思;不,我什么也没有接受;我完全不知道您对我有什么打算,如果您真有的话。在任何情况下,我都不希望结婚。在我这个年纪这会是一件不可饶恕的蠢事,甚至此时此刻我还不能想象一个像您这样有见识的人会劝我结婚。我甚至有理由相信是我弄错了,您根本没有对我说过这种话。在这种情况下,请您原谅一个已经对交际场合的习俗生疏,不习惯妇女们的语言,对自己的错误感到遗憾的老人。"

穆什先生在他的座位上慢慢重新坐下,没有了榛子,他用刀子切着一个瓶塞子。

普雷费尔小姐用一双我还没见她有过的、睁得圆圆的、冷冰冰的小眼睛端详我,端详了好一会儿,接着又恢复了平时的温和和文雅。她用一种虚情假意的嗓音大声嚷起来:

"这些学者!这些老是待在书房里的人!他们和孩子一模一样。是的,波纳尔先生,您是一个真正的孩子。"

接着她朝脸俯向瓶塞、一言不发的公证人转过身去。

"啊!别指责他!"她用恳求的嗓音对他说,"别指责他!别朝坏处想他,我求您。别朝坏处想!难道我需要跪下来求您吗?"

穆什先生把他的瓶塞转过来又转过去，仔细观看，别的什么表示也没有。

我怒火中烧。从我头上感到发热来判断，我的脸一定红得非常厉害。这个情况使我明白了当时我隔着太阳穴发出的嗡嗡声听见的那些话的意思：

"我们这个可怜的朋友，他使我害怕。穆什先生，请您开开窗子。我看用山金车敷一敷对他有好处。"

我怀着一种无法形容的厌恶和恐惧的感情逃到街上。

12月20日

我有一个星期没有听人说起普雷费尔学校。我不能再这么等下去而没有一点让娜的消息，况且我想到一步不退是我对自己应尽的职责，于是走上了通往泰尔纳的那条路。

我觉着会客室比以往更加寒冷，更加潮湿，更加冷淡，更加阴险，而那个女仆比以往更加惊慌失措，更加沉默寡言。我请求见见让娜，隔了相当长的时间以后露面的是普雷费尔小姐，神情严肃，脸色苍白，嘴唇抿紧，眼神冷酷。

"先生，"她两条胳膊交叉在短披肩里面，对我说，"不能让您在今天会见亚历山大小姐，我感到非常遗憾，但是我无能为力。"

"为什么？"

"先生，迫使我要您以后少上这儿来的那些原因，属于一种特别微妙的性质，我请求您别让我感到把它们说出口来的不快。"

"夫人，"我回答，"我曾经得到让娜的监护人的允许，每天来看他的受监护人。您能够有什么理由违反穆什先生的愿望？"

"亚历山大小姐的监护人（她说到监护人这三个字时十分着力，好像这是一个牢固的支点似的）也和我一样强烈地希望看到您的殷勤结束。"

"如果是这样的话，请您把他的理由和您的理由告诉我。"

她望望那个螺旋形小纸条，用一种严厉的沉着口气回答：

"您一定要吗？虽然这样的解释对一个女人说来难以启齿，我还是对您的要求作出让步。这所学校，先生，是一所令人敬重的学校。我有我的责任，我应该像母亲一样照看我的每一个学生。您对亚历山大小姐的殷勤，不可能继续下去而不伤害到这位年轻的姑娘。我的职责是使它停止。"

"我不明白您的意思。"我回答。

我说的也确是实话。她慢悠悠地接着说：

"您在这所学校里表现出的殷勤，被那些最可敬而最少起疑心的人以那样一种方式解释，为了我的学校的利益和亚历山大小姐的利益，我应该尽快地使它停止。"

"夫人，"我大声嚷起来，"我一生中听过许许多多蠢话，但是没有一句能和您刚说的相比！"

她简单地回答我：

"您的侮辱不能伤害我。一个人在尽职责时是非常坚强的。"

她把短披肩压在心口上，这一次不再是为了克制，毫无疑问是为了抚爱她那颗高尚的心。

"夫人，"我一边用手点着她，一边说，"您激起了一个老人的愤怒。您要尽量使这个老人忘掉您，不要在我发现的那些坏事以外再干坏事。我通知您，我决不会停止对亚历山大小姐的关心。不管在什么事上您要是欺侮她，那就活该您倒霉了！"

随着我的怒火上升，她变得更加平静；她极其冷静地回答我：

"先生，您对这个年轻姑娘的关心是什么性质，我太清楚了，因此我不能不使她摆脱您威胁我要进行的这种监视。看见您跟您的女管家生活在其中的那种不止是可疑的亲密关系，我早就应该不让您跟一个纯洁的孩子接触。我以后就要这么做。如果说我以前太轻信，能够责备我的也不是您，而是亚历山大小姐；她太天真，太纯洁——这也多亏了我——不可能对您让她冒的危险是什么性质产生怀疑。我猜想您不会逼得我非去告诉她不可。"

"行啦，"我耸耸肩膀，对自己说，"我可怜的波纳尔，我活到现在，一定是为了准确地了解怎样才算是一个坏女人。现在你在这方面的知识已经完备了。"

我走出来，没有回答；寄宿学校女校长的脸突然红了，我高兴地从这一点看出我的沉默远比我说过的那些话更能刺痛她。

我穿过院子时朝四面张望，看看是不是能发现让娜。她在等我，她向我奔过来。

"如果有人碰您一根头发，让娜，就给我写信。别了。"

"不，不是别了！"

我回答：

"对！对！是再见。给我写信。"

我直接上德·加布里夫人家去。

"夫人和老爷在罗马。先生难道不知道？"

"知道！"我回答，"夫人给我写过信。"

她确实给我写过信，我一定是有点儿昏了头才把这事儿给忘了。这正是仆人的看法，因为他望着我的那副神气好像在说：

"波纳尔先生老糊涂了。"他身子俯在楼梯栏杆上朝下看；想看看我是不是会干出什么奇怪的事来。我挺正常地走下梯级，他失望地退回去。

回到家里，我得知热利先生在客厅里。这个年轻人经常上我家来。他固然缺乏正确的判断力，但是他的智力不是平庸的。这次他的拜访只能给我带来困窘。"唉！"我想，"我要是对我的年轻朋友说出什么蠢话，他也会认为我智力衰退了。然而我不能向他解释：有人曾经向我求婚，后来把我说成是道德败坏的人，泰雷丝遭到怀疑，让娜仍旧受着世界上最邪恶的女人的摆布。我真是处在一个妙不可言的心情中去跟一个年轻的、不怀好意的学者谈论西多会修道院。然而试试看吧，试试看吧！……"

但是泰雷丝把我拦住：

"您脸多么红啊，先生！"她用责备的口气对我说。

"一定是春天之故。"我回答她。

她大声叫起来：

"十二月里，春天？"

我们确实是在十二月里。啊！我这个脑袋是怎样一个脑袋，可怜的让娜在我身上可以找到一个多么好的依靠啊！

"泰雷丝，拿着我的手杖，如果可能的话，把它放在一个容易找到的地方。

"您好，热利先生。您身体好吗？"

无日期

第二天老头儿想起来，却不能够起来。那只看不见的手是冷酷无情的，强迫他躺在床上。老头儿身子完全给固定住，他也死下心不再动弹，但是脑子里的那些念头在不停地奔驰。

他一定是发高烧，因为普雷费尔小姐，圣热尔曼–德–普莱修院的那些院长，还有德·加布里夫人的膳食总管，以稀奇古怪的外形出现在他面前。特别是那个膳食总管，躺在他的头上，还一边做出和大教堂的檐槽喷口上的动物像一样的怪相。我觉得在我的卧房里有许多人，太多太多的人。

这间卧房布置着古式家具；我的父亲穿着军礼服的画像和我的母亲穿着开司米连衫裙的画像，挂在贴着有绿色枝叶图案的糊墙纸的墙上。这些我都知道，我甚至还知道所有这一切都已经陈旧不堪。但是一个老人的卧房不需要布置得很漂亮；室内只要整洁就够了，这一点泰雷丝能做到。而且这间卧房有着相当多的形象化的装饰，很投合我的仍然有点孩子气而又懒散的心情。在墙壁和家具上有一些东西，它们平时跟我交谈，使我感到高兴。但是今天所有这些东西想要我怎样呢？它们大喊大叫，做怪相，进行恐吓。这个根据布鲁的圣母对神三德之一塑造的小雕像①，平时是那么纯朴，那么优雅，现在却装腔作势，朝我伸舌头。还有这幅美丽的细密画，让·富凯②那些最温顺的

---

① 天主教的对神三德指信、望、爱。布鲁是法国厄尔–卢瓦尔省城市。萨瓦公爵美男子菲列贝尔二世（1480—1504）去世后，他的妻子曾在布鲁建造教堂纪念他。教堂里有十个雕像代表他的各种美德，非常出名。在布鲁并无代表对神三德的雕像。
② 让·富凯（1415—1481）：法国画家，并擅长画细密画。

学生中的一个画上自己，腰上系着圣方济各的儿子们①的那种束腰绳，跪着向善良的德·昂古莱姆公爵②献上他的书，是谁把这幅画从框子里取下，换上了一个大猫头，用一双闪着磷光的眼睛望着我，墙纸上的那些枝叶图案也变成了一些脑袋，一些绿色的、丑陋的脑袋……不，不，今天和二十年前一样，这确实是印制的枝叶图案，而不是别的东西……不，还是我说得对；这是一些有两只眼睛、一个鼻子、一张嘴的脑袋，是一些脑袋！……我明白了：这同时是一些脑袋和一些枝叶图案。我真希望看不见它们。

那儿，在我右边，方济各会修士那幅好看的细密画回来了，但是我觉得我的意志在作出巨大的努力把它留住，如果我累了，那个丑恶的猫头就会重新出现。我不是在谵妄中：我清清楚楚看见泰雷丝在我的床脚；我清清楚楚听见她在和我说话，如果我不是忙于使我周围的所有那些东西保持它们原有的面目，我一定可以十分清醒地回答她。

医生来了。我并没有请他；但是看见他我很高兴。他是我的一个老邻居，从我身上他过去得到的收益很少，但是我非常喜欢他。如果说我没有对他说什么，至少我神志完全清醒，甚至我还非常狡猾，因为我在观察他的手势，他的眼神，他脸上最细小的皱纹。医生这个人很聪明，我确实不知道他对我的情况有什么看法，歌德的那句寓意深长的话回到我的心头，我说：

"医生，老人已经同意生病；但是他这一次不会向大自然作出更大让步。"

医生和泰雷丝听了我的玩笑话并没有笑。一定是他们没有听懂。

---

① 圣方济各的儿子们：指天主教圣方济各会的修士。

② 德·昂古莱姆公爵（1775—1844）：法国国王查理十世的儿子，1830 年七月革命后放弃了王位。

医生走了，天也开始黑下来，各式各样的影子像云彩似的，在我床帏的皱褶间形成又消散。成群的影子在我面前经过；隔着它们我看见我忠心的女仆那张一动不动的脸。冷不防传来一声叫喊，一声刺耳的叫喊，一声悲痛的叫喊，撕裂了我的耳膜。让娜，是您在叫我吗？

天已经黑了，整个漫长的黑夜里那些黑影都停留在我的床头。

黎明时我感到一种和平，一种广漠的和平包围着我整个身子。我的天主，这是您向我张开的怀抱吗？

1876 年 2 月

医生十分快活。我能够下床，似乎给他带来极大的荣誉。听他说，有无数种疾病同时向我这个衰老的身体袭击。

这些疾病是人类的恐怖；它们的名字，是语文学家的恐怖。这是一些半希腊文半拉丁文的混成名字，有着词尾 ite，表明炎症的存在，词尾 algie 表示疼痛。医生把它们一一列举出来，还说了足够数量的以 ique 结尾的形容词，用来说明它们可憎的性质。简而言之，在医学词典上可以实足占上半页的篇幅。

"握握手，医生。您把我救活了，我饶恕您。您把我还给我的朋友们，我感谢您。您说，我很结实。当然，当然；但是我活得太长了。我是一件完全可以和我父亲的扶手椅相比的老家具。这个正直的人作为遗产继承下这把扶手椅，他从早到晚一直坐在上面。在我还是孩子的时候，我一天不下二十次地爬到这把古老坐椅的扶手上去坐着。它是那么坚固，所以没有人去爱护它。但是它有一条腿放不稳了，开始有人说这是一把好扶手椅。接着三条腿放不稳，第四条腿发出嘎吱嘎吱的响声，两只扶手几乎都成了残废。就是在这时候有人大声嚷道：'多么结实的扶手椅！' 使人感到惊讶的是它没有一只健壮的扶手，没有一条平稳的腿，仍然保持着扶手椅的外形，几乎是直挺挺地立着，还能有一点用处。马鬃从它的身子里露出来，它已经断气了。当我们的仆人西普里安把它锯开当柴烧的时候，赞赏的叫声越发响了：'了不起的，世上少有的扶手椅！使用过它的有呢绒商皮埃尔-西尔维斯特·波纳尔，他的儿子埃皮梅尼德·波纳尔，还有海军部第三司司长、皮浪①派哲学家让-巴蒂斯特·波纳尔。多么可敬而结实的扶手椅！' 实际上这是一把死去的扶手椅。好吧，医生，我就是这把扶手椅。您认为我结实，是因为我顶住一些袭击，它们完全有可能把数目相当大的一批人彻底杀死，而我呢，只把我杀死了四分之三。非常感激。然而我仍然可以说是已经损坏到不可救药的地步。"

医生希望借助伟大的希腊词和拉丁词，来向我证明我的情况良好。对这种论证来说，法语过于清晰。然而我还是同意自己被说服了，我把他一直送到门口。

"好极了！" 泰雷丝对我说，"就该这么把医生请出门。只要您再这么干上两三次，他就不会再来了，到那时才是活该呢。"

"好吧，泰雷丝，既然我变成这么强壮的一个人，那就别再拒绝把我的信件给我了。毫无疑问来了一大捆。再不让我看它们，那恐怕是一种恶毒的行为。"

泰雷丝稍微扭捏了一阵，把我的信件都交给我。但是，有什么用呢？所有的信封我都看遍，没有一个是我希望能够看见在这儿翻阅维塞利奥的那只小手写的。我把整捆的信推开，它们对我再也没有什么意义。

---

① 皮浪（约前365—前275）：古希腊哲学家，怀疑论的创始人。他把幸福理解为宁静和无动于衷。

4—6 月

冲突激化了。

"等等，先生，让我换上干净衣裳，"泰雷丝对我说，"这一次我还得跟您一起出去；我和前几天一样带上您的帆布折凳，我们去晒晒太阳。"

泰雷丝确实认为我很虚弱。不错，我生过病，但是一切都已经结束。疾病太太走了已经很久，她那有一张苍白而优雅的脸的侍女康复太太向我亲切地告别，也实足有三个月了。如果我听信我的女管家的话；那我应该老老实实变成阿尔冈①先生，戴上一顶有缎带的睡帽来度过我剩下的日子……这不行！我要单独一个人出去。泰雷丝不同意。她拿着我的帆布折凳，想跟着我。

"泰雷丝，只要您喜欢，我们明天就去坐在小普罗旺斯的墙边上。但是今天我有一些事急着要办。"

一些事！她以为是金钱上的事，向我解释说没有什么好着急的。

"好极了！不过在这个世界上除了这种事以外，还有别的事。"

我恳求，我埋怨，我逃走了。

天气相当好。有了一辆出租马车，如果天主不抛弃我，我一定可以完成我的冒险。

这就是那堵墙，墙上有蓝色字母拼写成这些字："维吉妮·普雷费尔小姐所办之女子寄宿学校"。这儿是可以自由进入庭院的铁栅栏门，如果它曾经打开过。但是栅栏门上的锁已经生锈，而且铁栅栏装上了薄铁板，保护那些幼小的心灵不致受到冒失的眼光的伤害，这些

① 阿尔冈：法国喜剧作家莫里哀的喜剧《没病找病》里的人物，他自以为有病，戴着病人戴的睡帽，不肯脱掉。

幼小的心灵普雷费尔小姐毫无疑问教导她们要谦逊、真诚、公正和无私。这儿是一扇装着栅栏的窗子，窗玻璃肮脏，显然里面是下房，像一只目光呆滞的眼睛，只有它单独地开向外部世界。

至于我曾经进去过那么多次，从今以后禁止我再进去的那个独扇小门，我又看见它了，还有它上面那个装着栅栏的窥视孔。门前仅有的一级石阶已经磨损，我的眼睛戴着眼镜还是不太好，也可以看见女学生走过时，钉了钉子的鞋底在石头上划出的细白道子。难道我不能也从上面走过吗？我觉得让娜在这所阴沉沉的房子里受苦，她在偷偷地呼唤我。我不能离开。焦虑控制着我，我拉响门铃。惊慌失措的女仆来给我开门，她比以前更加惊慌失措了。命令早已经传下来，我不能会见让娜小姐。我至少问问她的情况。女仆把左右两边都看过以后，对我说她很好，然后把我关在门外。我重又来到街上。

从那以后，我有多少次在这堵墙脚下这样徘徊，从这个小门前面经过，因为自己比那个在世上只有我一个人可以依靠的孩子更软弱，而感到惭愧和绝望。

6 月 10 日

我克服了我的反感，去看穆什先生。我首先注意到事务所比去年尘土还要多，还要霉得厉害。公证人带着他那拘谨的手势，转着眼镜后面灵活的眼珠子出现在我面前。我提出我的抱怨理由。他回答我……可是即使在这本应该烧掉的簿子里，也有必要把我对一个庸俗乏味的坏蛋的回忆记下来吗？他认为普雷费尔小姐有理，很久以来他就一直很赏识她的才智和性格。他不想对争论的实质发表意见，但是他应该说，从表面来看事情对我不利。这稍稍激怒了我。他补充说（这更加把我激怒了），他掌握的用于他的被监护人的教育费用很少，现在已经用空，在这种情况下他非常钦佩普雷费尔小姐为人大公无私，同意把让娜小姐留在她的身边。

灿烂的阳光，一个大晴天的灿烂的阳光，把它永不腐败的光波倾泻到这个肮脏不堪的地方，照见了这个人。在外面，它把它的光辉洒在这个人口稠密的市区的所有那些苦难不幸之上。

长久以来我的眼睛里充满的，而我不久以后就不能再享受到的这种阳光，它是多么温柔啊！我背抄着双手，一边沉思着，一边沿着旧城墙的遗址走去，我也不知道怎么会来到有许多小得可怜的花园的、偏僻的郊区。在一条满是尘土的道路上，我遇见了一种植物，它的花朵既鲜艳又深暗，好像是为了配合那种最高尚、最纯洁的哀悼而创造出来的。这是耧斗菜。我们的祖先把它叫做圣母的手套。只有把身子缩得非常小，出现在儿童面前的圣母，才能把娇小可爱的手指伸进这种花的狭小的花冠里。

这儿有一只熊蜂在粗暴地往里钻；它的嘴够不到花蜜，这个美食家徒然地作出努力。最后它只好放弃，退了出来，全身沾满了花粉。它又恢复笨重的飞行；但是在这个受到工厂烟炱污染的郊区里，花很少很少。它又飞回到这朵耧斗菜花上，这一次它刺穿了花冠，从它打开的这个缺口里吸取花蜜。我再怎么也不会相信一只熊蜂能这么有见识。这真令人赞赏。随着我进一步的观察，昆虫和花朵更使我惊奇了。我就和善良的罗兰[①]一样，他的桃树开的花使他心醉神迷。我真

---

[①] 罗兰（1661—1741）：法国教育家，历史学家，曾任巴黎大学校长。1697年他买了一所带花园的小房子，在一封信中说，他已经开始爱上了乡村生活的乐趣。贴墙种着五棵杏树和十棵桃树，给他带来快乐的同时，也让他担心它们受不了夜间的寒冷。

希望有一片美丽的花园，住在一个树林的边缘上。

8—9 月

我想到了在一个星期日上午，去等候普雷费尔小姐的学生们排着队去堂区教堂望弥撒的那个时刻。我看见她们经过，两个一排，小班走在前头，神色十分严肃。其中有三个穿着同样的衣裳，矮小、圆胖、神色傲慢，我断定她们就是穆通家的小姐。她们的大姐就是画萨宾人国王塔蒂乌斯的那个可怕的头像的艺术家。队伍的旁边，女学监手上拿着一本祈祷书，神情激动，眉头蹙紧。中班生，接着大班生，一路交头接耳地走过去。但是我没有看见让娜。

我向公共教育部询问，在哪个文件夹子里是否有关于德姆尔街的学校的评语。我得到的答复是曾经向该校派过几个女视察员。她们带回了最好的评语。她们认为普雷费尔寄宿学校是一所模范寄宿学校。如果我要求进行一次调查，可以肯定普雷费尔小姐还会得到一级教育勋章呢。

10 月 3 日

这个星期四放假，我在德姆尔街附近遇到穆通家的那三位年幼的小姐。在向她们的母亲行过礼以后，我问可能有十二岁的老大，她的同学让娜·亚历山大小姐身体好吗？

年幼的穆通小姐一口气回答我：

"让娜·亚历山大不是我的同学。她是靠救济收留在学校里的，所以让她打扫教室。是小姐这么说的。"

三位小姐继续朝前走去，穆通太太离得很远地跟着她们，她回过头，从她那宽阔的肩膀上向我投来怀疑的目光。

唉！我落到作出了一些可疑的举动的地步。德·加布里夫人最早也要在三个月以后才能回到巴黎。离开她，我既没有分寸，也没有了理智。我只是一部笨重的、不便的、有害的机器。

然而我不能容忍让娜，寄宿学校的女仆，继续遭受穆什先生的侮辱。

12 月 28 日

天气阴暗、寒冷。天已经黑了。我拉响小门的门铃，镇静得像一个什么也不再畏惧的人。那个胆小的女仆刚给我打开门，我就塞了一枚金币在她手里，而且答应她，如果她能让我见到亚历山大小姐，我就另外再给她一枚。她的答复是：

"一个小时以后，在装栅栏的窗子那儿。"

她冲着我的脸砰的一声关上门，关得那么猛，我头上的帽子都给震得打了一个哆嗦。

我在纷飞的雪花中整整等了一个小时，然后我走到窗子跟前。什么也没有！狂风怒吼，雪下得非常大。工人们在我旁边经过，工具扛在肩膀上，在浓密的鹅毛大雪下低着头，碰到了我的身体。什么情况也没有。我担心别人会注意我。我明知道收买女仆这件事做得不对，但是我一点也不后悔。必要时不能打破常规的人是可鄙的。一刻钟过去了。什么情况也没有。最后窗子微微打开。

"是您吗，波纳尔先生？"

"是您吗，让娜？简单说说您的情况怎么样？"

"我很好，很好！"

"还有呢？"

"我给安排在厨房里，我打扫教室。"

"在厨房里！打扫教室，您！天啊！"

"是的，因为我的监护人不再付我的寄宿费。"

"您的监护人是一个坏蛋。"

"这么说，您知道？……"

"知道什么？"

"啊！别逼我把这件事说出来。不过我宁可死也不愿意跟他单独待在一起。"

"您为什么不给我写信？"

"我受到监视。"

在这时候我的主意已经拿定了，任什么也不能使我改变。我也确实想到我可能没有权利这样做，但是我没有把这个想法放在心上。一旦决心下定，我就变得小心谨慎。我异常冷静地开始行动。

"让娜，"我问，"您现在待的这间屋子，它和院子相通吗？"

"通。"

"您自己能够开门吗？"

"能，只要门房里没有人。"

"去看看，尽可能避免让人看见您。"

我等着，一边留神着门和窗子。

五六秒钟后让娜终于又在窗栅栏后面出现！

"女用人在门房里。"她对我说。

"好，"我说，"您有羽笔和墨水吗？"

"没有。"

"铅笔？"

"给我。"

我从口袋里掏出一张旧报纸，在足以把路灯吹熄的风里，在把我的眼睛迷得看不见的雪里，我尽可能给这张报纸做了一个封套，上面写上普雷费尔小姐的姓名地址。

我一边写一边问让娜：

"邮差经过，把信和报纸放在信箱里，他拉门铃吗？女用人打开信箱，立刻把她在信箱里找到的东西去送给普雷费尔小姐吗？每次送信来是不是都是这样？"

让娜对我说她相信情况是这样。

"我们等着瞧吧。让娜，再去偷偷瞧着，等女用人一离开门房，您就打开门出来。"

说完这些话我就把报纸塞进信箱，使劲地拉响门铃，然后躲到旁边一扇门的门框里。

我在那儿等了几分钟，小门抖动了一下，微微打开，有一个年轻人的脑袋伸出来。我抓住它，朝自己拽过来。

"走，让娜，走。"

她不安地看着我。她一定是担心我发疯了。正相反，我非常清醒。

"走，走，我的孩子。"

"到哪儿去？"

"到德·加布里夫人家里去。"

于是她拉住我的胳膊。我们像贼似的跑了一阵子。跑步对我这样肥胖的人来说很不合适。我几乎透不过气来,停住脚步,靠在一样东西上,它碰巧是一个在小酒店的角落里做买卖的小贩的栗子烤锅。有几个车夫在酒店里喝酒。他们中间的一个问我们需不需要一辆马车。当然!我们正需要一辆。执鞭子的人把酒杯放在锡柜台上,爬上他的座位,驱赶他的马朝前跑去。我们得救了。

"喔唷!"我叫了出来,同时揩着额头,因为尽管天冷,我已经大汗淋漓了。

奇怪的是让娜好像比我更清楚我们刚干的这件事。她很严肃,显然感到不安。

"在厨房里!"我愤怒地叫了出来。

她摇摇头,仿佛在说:"那儿或者别的地方,我都不在乎!"在街灯的灯光下我痛苦地注意到,她的脸瘦了,带着倦容。我以前如此喜爱的那种活泼,那种突如其来的冲动,那种迅速变化的面部表情,

我从她身上再也找不到了。她的目光迟钝，她的动作拘谨，她的态度闷闷不乐。我握住她的手：一只粗硬的、疼痛的、冰凉的手。可怜的孩子吃了许多苦。我问她，她平静地告诉我，普雷费尔小姐有一天打发人把她叫去，不知是什么缘故，骂她是妖精，是小毒蛇。

"她还补充说：'您再也见不到波纳尔先生了，他给您出了不少坏主意，而且对我有非常坏的表现。'我对她说：'这个，小姐，我决不会相信。'小姐打了我一个耳光，叫我回到教室去。我不能再见到您的这个消息，对我说来就像是黑夜降临。您也知道那种夜晚，当黑暗把您包围时，您会感到有多么忧愁，好吧！您想想看，这种时间要几个星期、几个月地延长下去。有一天我看见您跟校长在会客室里，我偷偷地等您；我们互相说了'再见'。我稍微得到了一点安慰。不久以后，我的监护人在一个星期四来接我。我拒绝跟他出去。他非常温和地回答我，说我是一个任性的小姑娘。接着他就留下我一个人走了。但是隔了一天，普雷费尔小姐向我走过来，神色是那么凶狠，我不由得感到害怕。她手上拿着一封信，'小姐，'她对我说，'您的监护人通知我，属于您的几笔钱他已经用完。您不用害怕：我不愿意丢开您不管；但是您一定同意，您应该自己谋生。'

"于是她雇用我打扫房子，有时候她把我一连几天地关在顶楼里。瞧，先生，这就是我见不到您以后发生的事。即使我能写信给您，我也不知道我会不会写给您，因为我不相信您能够把我从寄宿学校接出去；因为没有人再逼我去看穆什先生，所以没有什么着急的。我可以在顶楼和厨房里等待。"

"让娜，"我大声叫起来，"如果有必要我们就逃到大洋洲去，决不让可恶的普雷费尔再把您抓回去。我郑重地发誓。为什么我们不到大洋洲去呢？那儿的气候有益于健康，有一天我在报纸上看见那儿也有钢琴。我们暂且上德·加布里夫人家里去，幸运的是她到巴黎已经三四天了；因为我们是两个天真无邪的傻子，我们非常需要帮助。"

我说话的时候，让娜脸发了白，变得模糊不清，目光蒙上一层暗影，微微张开的嘴唇痛苦地收缩着。她头垂落在我的肩膀上，失去了知觉。

我像抱着一个睡着了的小孩子那样，抱着她爬上德·加布里夫人的楼梯。由于劳累和激动，我精疲力竭地和她一起倒在楼梯平台的长椅上。在那儿她很快就醒过来了。

"是您！"她睁开眼睛，对我说，"我很高兴。"

我们就在这种情况下敲开了我们的朋友家的门。

八点钟的钟声敲响。德·加布里夫人亲切地接待老人和孩子。说到惊奇，她肯定感到惊奇，但是她没有问我们。

"夫人，"我对她说，"我们俩都来把自己置于您的保护之下。首先，我们来请求您让我们吃一顿夜点心。至少让娜是如此，她因为虚弱刚刚在马车上昏过去了。至于我，在这么晚的时刻，我一点东西也不能吃，否则这一夜我就会难受得要死。我希望德·加布里先生身体好。"

"他在这儿。"她对我说。

她立刻让人去通知他我们来了。看见他那张真诚坦率的脸，握着他那只大阔手，我感到很高兴。我们四个人全都到餐厅里去，冷肉给让娜端来了，她没有碰，我把我们的事讲了一遍。保尔·德·加布里请求我同意他点燃他的烟斗，接着他默不作声地听我讲。等我讲完了，他搔着他脸颊上又短又密的胡子。

"见鬼！"他大声嚷起来，"您给您自己造成的处境可真是太妙了，波纳尔先生！"

接着，他注意到让娜的那双惊慌的大眼睛这时候望着他又转过来望着我，于是对我说：

"来。"

我跟着他来到他的书房，挂在深色糊墙纸上的短枪和猎刀在灯光下闪闪发亮。他拉着我在一张长皮沙发上坐下。

"您怎么干出这种事，"他对我说，"您怎么干出这种事；伟大的天主！诱骗未成年少女，拐带、劫持！您给您自己招来了多大的一个麻烦。您这一下子有坐五年到十年牢的危险。"

"天哪！"我叫了起来，"救了一个无辜的孩子，居然要坐十年牢！"

"这是法律！"德·加布里先生回答，"我对法典了解得相当透彻，您是知道的，我亲爱的波纳尔先生，并不是因为我学过法律，而且因为我当吕桑斯的市长，必须自己了解才能让被治理者了解。穆什是一个无赖，普雷费尔是一个坏女人，而您是一个……我找不到一个相当有力的词儿。"

他打开里面放着狗颈圈、马鞭子、马镫、香烟盒和几本常用书籍的书橱，取出一本法典，开始翻阅。

"'重罪与轻罪……非法剥夺人身自由，'这不是您的情况……有了……第三百五十四条：'凡通过欺骗手段或暴力手段，本人或唆使他人劫持未成年人者，凡本人或唆使他人将未成年人带离该未成年人被交付或委托而必须服从其权力和指导的人所指定的地方、诱走或转移他处者，处以徒刑。见刑法典第二十一条和第二十八条……，第二十一条：'徒刑期限至少五年……，第二十八条：'徒刑判决导致公民权的被剥夺。'很清楚，是不是，波纳尔先生？"

"十分清楚。"

"让我们继续下去，第三百五十六条：'如诱拐者当时年龄未满二十一岁，仅判一……'，这与我们无关。第三百五十七条：'在诱拐者娶被其诱拐的未婚女子为妻的情况下，只有在根据民法典有权请求宣布婚姻无效的人提出控告后，方能对该诱拐者起诉，而且只有在宣布婚姻无效后方能判刑。'我不知道娶亚历山大小姐是不是在您的计划之内。您可以看出法典是温厚的，它为您在这方面开了一个门。但是我不该开玩笑，因为您的处境很不好。一个像您这样的人，怎么能想象在十九世纪的巴黎还可以不受制裁地诱拐一个少女？我们不是在中世纪，诱拐已经不允许了。"

"不要认为诱拐在古代的法律里是允许的，"我回答，"您可以在巴吕兹①里找到希德贝尔国王②于593年或者594年在科隆③对这个问题颁布的法令。还有谁不知道1579年5月的那个著名的布卢瓦④法令明确规定：凡被发现未经取得父母和监护人的明确的意愿、赞同或允诺，以婚姻或其他借口勾引二十五岁以下未成年子女者处以死刑？法令还补充说：凡参与上述诱拐，以任何方式提供主意、方便和帮助者，也一概受到相同的惩处。这是法令的原话或者相差无几的原话。至于您刚刚让我了解的拿破仑法典⑤中的这一条，把娶诱拐的未婚女子为妻的诱拐者排除在诉究之外，使我想起了按照布列塔尼⑥的习惯法，紧接着是结婚的诱拐是不受惩罚的。但是这个习惯法产生了各种

---

① 指1674年巴吕兹印行的《法兰克国王敕令集》。
② 希德贝尔国王（约495—558）：法国法兰克王国国王。
③ 科隆：德国城市，公元462年后曾被法兰克人侵占。
④ 布卢瓦：法国卢瓦尔-歇尔省省会。
⑤ 拿破仑法典：原名《法国民法典》，1804年公布。因拿破仑一世主持编制工作，于1807年改称《拿破仑法典》。拿破仑被推翻后恢复原名，共二千条。经多次修改，基本原则未变，迄今仍生效。
⑥ 布列塔尼：法国西北部半岛，突出于英吉利海峡和大西洋之间。

弊病，大约在 1720 年废除了。

"我给您的这个日期上下可能有十年的出入。我的记忆力不很好了，我能够一口气不停地背出一千五百行吉拉尔·德·鲁西荣①的诗的日子已经一去不复返了。

"至于规定对诱拐赔偿的查理大帝的敕令，如果说我没有向您谈起，那是因为它肯定牢记在您的心里。因此您可以很清楚地看到，我亲爱的德·加布里先生，诱拐在古老的法兰西的三个王朝统治下都被看成是一桩应该受到惩罚的罪行。如果以为中世纪是一个混乱的时代，那就大错而特错了。至少您应该相信……"

德·加布里先生打断了我的话，他说：

"您了解布卢瓦法令，巴吕兹，希德贝尔和那些敕令，您却不了解拿破仑法典！"

我回答他说，我确实从来没有看过这部法典；他露出惊讶的神色，补充说：

"您现在明白您干的这件事的严重性了吧？"

事实上我还不明白。然而在保尔先生十分合情合理的指点下，渐渐地我终于认识到，我如果受到审判，不是根据我的意图——它是清白的，而是根据我的行动——它是应该受到惩罚的，来定我的罪。于是我陷入绝望之中，唉声叹气。

"怎么办？"我叫了起来，"怎么办？难道我不可挽回地就此毁了？难道我本来想搭救的这个可怜的孩子，我也把她给毁了？"

德·加布里先生默默地塞满他的烟斗，然后点着，他点得那么

_____

① 吉拉尔·德·鲁西荣：十二世纪末法国武功歌中的一位英雄人物，他反对法兰克人的专制主义政策，捍卫南方地方主义，在捉住查理大帝后，并没有杀死他，而是显示出宽宏大量，归顺他。

慢，足足有三四分钟他那张善良、宽阔的脸像锻铁炉前的铁匠一样被照得通红。接着他说：

"您问我怎么办；什么也别办，我亲爱的波纳尔先生。看在天主面上，为了您的利益，什么也别办。您的事情相当麻烦；您不要再插手了，否则对您只怕更加有害。但是，您要答应支持我将要做的一切。我明天早上就去见穆什先生，如果他像我们相信的那样，也就是说，是一个无赖，哪怕魔鬼掺和在里面，我也要找到办法来使他不能伤害人。因为一切都要看他了。今天晚上送让娜小姐回寄宿学校去已经太晚，我的妻子将在今天夜里把年轻姑娘留在身边。这完全可以构成同谋罪，但是这样一来我们可以消除掉年轻姑娘的处境的一切可疑的性质。至于您，亲爱的先生，赶快回到玛拉凯沿河街去，如果有人上那儿去找让娜，您很容易就能证明她不在您的家里。"

我们这样谈着的时候，德·加布里夫人在安排她的客人就寝。我看见她的贴身女仆捧着散发出薰衣草香的被单在走廊里走过去。

"这是一种优雅的清香。"

"有什么办法呢？"德·加布里夫人回答我，"我们是乡下人。"

"啊！"我回答她，"但愿我也能变成一个乡下人！但愿我有一天像您在吕桑斯一样，也能在隐藏在绿荫深处的屋顶下，闻那田野的香气；如果这个愿望对一个生命即将结束的老人说来太奢求了，我至少希望我的裹尸布能像这些洗干净的被单一样散发出薰衣草的香气。"

我们约定第二天我来吃中饭。但是我被严格禁止在中午十二点以前来。让娜抱吻我，求我不要把她送回寄宿学校。我们在激动和忧虑之中分手。

我在家门口的楼梯平台上遇见泰雷丝，焦急不安已经把她折磨得快要发疯了。她说来说去无非是在说以后要把我关起来。

我度过的是怎样的一夜啊！我没有一瞬间合上过眼睛。时而我因为自己的冒险得到成功笑得像个孩子；时而我怀着难以表达的焦急不安想象着自己被押到法官面前，在被告席上回答对我那么自然地犯下的罪行的审问。我充满了恐惧，但是我并不悔恨和自责。太阳照进我的卧房，欢快地抚摸着我的床脚时，我默默地这样祷告：

"我的天主，正像《特里斯丹》①里说的，创造天空和露水的您啊，请您不要根据我的行为，而要根据我的愿望，我正直而纯洁的愿望，凭您的公正来审判我吧。我要说：光荣属于天上的您，人间的和平属于满怀善意的人。我要把我偷来的孩子交还到您的手里！请您做我没有能够做到的事，保佑她免于受到她的所有敌人的伤害，愿您的名字受到赞美！"

12 月 29 日

我走进德·加布里夫人家，发现让娜完全变了样。

她像我一样在黎明的最初阳光下，向创造天空和露水的天主祈求过保佑吗？她在一种愉快的心灵平静中微笑着。

德·加布里夫人把她叫回去，继续替她梳头发，因为这位可爱的女主人希望亲手替托付给她的孩子安排发式。我来得比约定的时间略微早一些，打断了这次亲切的梳妆。为了惩罚我，她们让我在客厅里单独一个人等着。不久以后德·加布里先生来陪我。他显然是刚从外

───────────────

① 《特里斯丹》：显然是指中世纪欧洲骑士文学传奇中的一种——《特里斯丹和绮瑟》。故事以两个恋人的悲惨遭遇，对封建婚姻提出了控诉。

面来，因为他的额头上还留着戴过帽子的痕迹。他脸上流露出一种喜洋洋的兴奋表情。我想我最好还是不要问他。接着我们大家一起去吃中饭。等到仆人们伺候我们用餐完毕以后，把故事保留到喝咖啡才说的保尔先生，对我们说：

"嗯！我去过勒瓦卢瓦了。"

"您见到穆什先生？"德·加布里夫人急忙问。

"没有！"他一边回答，一边观察着我们的失望脸色。

在把我们的焦虑不安玩味了相当长时间以后，这个善良的人补充说：

"穆什先生已经不在勒瓦卢瓦。穆什先生离开了法国。他带着他那些委托人的钱，一笔数目相当可观的钱，悄悄溜走，到后天就要满一个星期了。一个女邻居把这件事告诉我，一边还不停地说了许多骂街话和诅咒话。公证人不是单独一个人乘上七点五十五分的火车；他还拐走了勒瓦卢瓦的假发师的女儿。这个事实我后来得到警察分局局长的证实。说真的，穆什先生本可以挑个更恰当的时候走呢！他如果推迟一个星期，作为社会的代表，他就可以把您，波纳尔先生，拉到法官面前。现在我们什么也不用害怕啦。祝穆什先生身体健康！"他一边斟阿玛尼亚克①，一边大声喊道。

我真希望能长久地活下去，好长久地回忆这个早上。我们四个人在白色的大餐厅里，围坐在打了蜡的橡木桌周围。保尔的喜悦是强烈的，甚至有点儿放纵，这个正直的人，他大口大口地喝阿玛尼亚克！德·加布里夫人和亚历山大小姐朝我微笑，这微笑是对我的努力的酬报。

_____

① 阿玛尼亚克：法国名叫阿玛尼亚克的地区产的烧酒。

我回到家，受到了泰雷丝最刻薄的指责，她无法理解我的新的生活方式。照她看来，先生一定是丧失了理智。

"是的，泰雷丝，我是一个老疯子，您也是一个老疯子。这一点可以肯定。天主降福给我们，泰雷丝，赐给我们新的力量，因为我们有了新的责任。不过让我在这张长沙发上躺下吧，因为我再也站不住了。"

1877 年 1 月 15 日

"您好，先生。"让娜替我打开我们家的大门说；泰雷丝被姑娘抢在前面，这时候在走廊的阴影里低声抱怨。

"小姐，我请求您郑重其事地用我的头衔称呼我，对我说：'您好，我的监护人。'"

"这么说已经办好了？多么幸福啊！"姑娘拍着手对我说。

"小姐，在市政厅当着治安法官的面办的，从今天起您要服从我的权力……您在笑吗，我的被监护人？我从您的眼睛里看出，在您的脑海里产生了什么疯狂念头。又是想摘月亮！"

"啊！不，先生……我的监护人。我在望着您的白头发。它们缠绕在您的帽檐上，就像忍冬缠绕在一座阳台上。它们很美，我喜爱它们。"

"坐下，我的被监护人，如果可能的话，不要再说这些傻话了；我有正经话要对您说。请您听我说：我想，您坚决不愿意再回到普雷费尔小姐那儿去了吧？……不愿意。您看怎么样，如果我留您在这儿完成您的教育，一直到……到什么时候呢？像人们常说的，永远永远。"

"啊！先生！"她大声叫起来，幸福使她的脸涨得通红。

我接着说下去：

"在后面，那儿有一间小房间，我的女管家已经为您做了准备。您将在那儿代替一些旧书，就像白昼接替黑夜一样。跟泰雷丝一块儿去看看这间屋子能不能住人。已经和德·加布里夫人说好，您今天晚上就睡在这间屋里。"

她已经朝那间屋奔去；我又叫住她：

"让娜，再听我说说。到现在为止您一直得到我的女管家的欢心；她像所有的老年人一样，性格相当孤僻。要迁就她。我过去相信我自己应该迁就她，容忍她的急躁。我要对您说，让娜，敬重她。我这样说的时候，让娜，我并没有忘掉她是我的仆人和您的仆人；她也不会忘记。但是您应该敬重她的高龄和她那颗高尚的心。这是在行善中生活了很久的一个微贱女子；她在行善中变得僵硬了。您要容忍这个正直心灵的倔强。要会发号施令；她也会服从。去吧，我的女儿；去把您的屋子布置得让您感到最适合于您的工作和学习。"

用这番临别赠言，把让娜就这样送上她的做好主妇的道路以后，我开始看一份虽然由年轻人主持，但是很出色的杂志。口气是粗暴的，然而精神是热诚的。我看的那篇文章不论是在精确方面还是在坚定方面，都超过我年轻时人们写的所有那些文章。这篇文章的作者，保尔·梅耶[①]先生，一针见血地指出每一个错误。

我们这些人从前就没有这种冷酷无情的公正原则。我们的宽容是巨大的，甚至不分青红皂白，同样地称颂学识渊博的人和不学无术的人。可是应该善于指责，这是一个严酷的责任。我记起了小雷蒙（别

---

① 保尔·梅耶（1840—1917）：法国历史学家，语言学家，1861 年毕业于巴黎文献学院，1882 年任该校校长。1867 年至 1868 年发表了许多对法国史诗的研究文章。

人是这么叫他的）。他什么也不懂；智力极其有限，但是他非常爱他的母亲。我们尽量避免揭穿这样一个好儿子的无知和愚蠢，小雷蒙靠了我们的好心，就这样当上了法兰西研究院院士。他失去了他的母亲，可是各种荣誉纷纷落在他的身上。他变得具有无上权威，给他的同事们和科学带来很大的损害。但是我那个卢森堡公园的年轻朋友来啦。

"晚安，热利。今天您喜形于色。您遇到什么事了，我亲爱的孩子？"

他遇到的是相当不错地通过了论文答辩，得到了一个好名次。这是他告诉我的。同时他还补充说，在答辩过程中顺便谈到我的著作时，我的著作受到学校教授的毫无保留的赞扬。

"好极了，"我回答，"我很高兴，热利，看到我年老的声望和您的年轻的光荣结合在一起。对您的论文，您也知道，我非常感兴趣；但是一些家务事的安排使我忘记了您今天答辩。"

让娜小姐正好这时候来向他提供这些安排的情况。这个冒失姑娘像阵轻风似的钻进书城，嚷着说她的屋子是一个小奇迹。她见到热利先生，脸涨得通红。但是没有一个人能躲避自己的命运。

我注意到这一次他们两人都很羞怯，他们之间没有交谈。

慢着！西尔维斯特·波纳尔，在观察您的被监护人时，您忘了您是监护人。您从今天早上开始是监护人，这个新的职务已经把一些微妙的责任加在您的身上。您应该，波纳尔，巧妙地支开这个青年，您应该……哟！我知道我应该做什么吗……

热利先生从我的孤本书 *La Ginevera delle clare donne*[①] 里作了一些摘录。我信手从最近的一个搁板上取下一本书；我翻开它，怀着尊敬

---

① 拉丁文：《杰出妇女传》。十五世纪前后在意大利有不少这类作品，其中最出名的是薄伽丘的一本。

的心情进入索福克勒斯的一出戏剧①里去。随着衰老的到来，我对古希腊罗马文化产生了爱好，从此以后希腊和意大利的诗人在书城里总是摆在我随手可以取到的地方。我念着这段美妙的、辉煌的合唱，底比斯②老人们的合唱，它在激烈紧张的情节中间缓缓展开它那优美动听的合唱歌词。"Ερως ανίχατε③……不可战胜的爱神，你降临于富贵人家，你停留在年轻姑娘娇嫩的面颊上，你漂洋过海，探望牲畜棚，没有一个神灵能够逃脱你，也没有一个生命短促的凡人能够逃脱你；谁占有你，谁就会发疯。"当我重念这首美妙动听的歌时，安提戈涅④的脸在永不改变的纯洁中出现在我面前。怎样的形象啊，那些在最澄清的天空中飘游的男神们和女神们！由安提戈涅领着，长久地漂泊的瞎眼老人，求乞的国王，现在接受了神圣的葬礼，他的女儿美得像世人所能想象的最美的画，她抗拒暴君，虔敬地埋葬了自己的兄弟。她爱暴君的儿子，这个儿子也爱她。当她为了虔诚的宗教信仰走上刑场时，那些老人唱道：

> 不可战胜的爱神，你降临于富贵人家，你停留在年轻姑
>
> 娘娇嫩的面颊上……

我不是一个利己主义者。我为人慎重；我应该教养这个孩子；她太年轻，我还不能把她嫁出去。不！我不是一个利己主义者，但是我

---

① 悲剧《安提戈涅》。
② 底比斯：希腊中部古城。悲剧《安提戈涅》故事发生地点即在底比斯。
③ 希腊文：不可战胜的爱神。
④ 安提戈涅：希腊神话中底比斯王俄狄浦斯的女儿。在其父弄瞎自己眼睛流亡时，主动跟随其父。父死后回到底比斯，因违抗新王克瑞翁的禁令，埋葬阵亡的哥哥波吕涅克斯，被拘禁在墓穴里。克瑞翁的儿子海蒙和她相爱，赶到墓穴营救，见她已自缢，即随之自杀。

应该留住她和我，和我单独过上几年。她不能等到我去世吗？放心吧，安提戈涅；老俄狄浦斯将会及时地找到埋葬他的圣地。

现在，安提戈涅在帮助我们的女管家削萝卜皮。她说这就像是在雕刻，对她很合适。


5 月

谁还能认出书城？现在每件家具上都有鲜花。让娜是对的：这些玫瑰花插在这个蓝彩釉陶瓶里，非常美丽。她每天陪着泰雷丝上市场，带回鲜花。鲜花确实是迷人的创造物。将来有一天我一定要实现我的计划，到乡下去，以我所能具有的注重方法的精神去研究它们。

在这儿干什么呢？为什么还要在一些对我不再会说出什么有价值的东西的老羊皮纸上，继续糟蹋我的眼睛呢？从前我怀着高尚的热情辨读这些古文献，那时候我究竟希望从中找到什么呢？一笔信徒捐款的日期，某一个绘图修士或者抄写修士的姓名，一块面包、一头牛或者一块地的价格，行政部门或者司法部门的一条规定；所有这些东西以外，还有别的什么东西，曾经激发起我的热情的神秘、模糊而又崇高的东西。但是我寻找了六十年也没有找到这个东西。那些比我强的人，那些大师，那些名人，那些福里埃尔，那些蒂埃里，①他们发现了那么多东西，死在工作之中，也没有发现这个没有形体，没有名字，然而没有它任何精神劳动在这个世界上都不可能进行的东西。既然我找的只是我照理能找到的东西，那么，我就再也找不到什么了，很可

_____

① 福里埃尔（1772—1844）和蒂埃里（1795—1856）：都是法国历史学家、作家。

能永远完成不了圣热尔曼–德–普莱修道院的那些院长的历史。

"猜猜看，监护人，我的手绢里包回来了什么？"

"十之八九是鲜花，让娜。"

"啊！不，不是鲜花。您看。"

我看了，我看见一个灰色的小脑袋从手绢里钻出来。这是一只小灰猫的脑袋。手绢打开：小猫跳到地毯上，抖抖身子，竖起一只耳朵，接着又竖起另一只耳朵，小心翼翼地打量着周围环境和人。

泰雷丝挎着篮子，气喘吁吁地来了。她的缺点是不善于掩饰自己的感情；她猛烈地责备小姐把一只不知来历的猫带到家里来。让娜为了替自己辩解，把事情的经过讲了一遍。她和泰雷丝在一家药房门口经过，看见一个学徒用脚把一只小猫狠狠地一下子踢到街上。这只猫又惊讶，又难受，在考虑它是不顾行人撞它，吓它，留在街上呢，还是再冒被皮鞋踢出来的危险回到铺子里去。让娜认为它的处境很危急。懂得它在犹豫。它一副傻相，她想是因为犹豫不定才有的这副傻相。她把它抱到怀里。不论是在外面还是在里面都不能得到平安，它同意留在空中。她抚摸它，使它放下心来以后，对药房学徒说：

"如果您不喜欢这只猫，也不应该打它；应该把它送给我。"

"拿去吧。"药房学徒回答。

"就这些！……"让娜作为结论这么补充了一句。

接着她嗓音变得像长笛一样温柔，向小猫许下了各种美好的保证。

"它很瘦，"我打量着这个可怜的小动物，说，"而且它很丑。"

让娜不觉得它丑，但是她承认它看上去比以前更加傻乎乎；依她看，把这种令人遗憾的特征赋予它的外貌的，这一次不是犹豫不决，而是惊讶。她想，如果我们设身处地替它想一想，我们就会同意它对它的遭遇完全不可能理解。我们当面嘲笑这个可怜的动物，它保持着一种滑稽可笑的正经态度。让娜想把它抱到怀里，但是它躲到桌子底下，即使看到满满一茶碟的牛奶，也不肯出来。

我们躲开，茶碟空了。

"让娜，"我说，"您的被保护者一副可怜相；它生性阴险，我希望它在书城里不至于干出坏事，逼得我们非把它送回药房去不可。眼下应该给它起个名字。我向您建议叫它檐槽里的灰老爷；但是这也许太长了一点。药丸，膏药或者蓖麻油，也许比较短，还可以有提醒它的出身的好处。您看怎么样？"

"药丸还可以，"让娜回答我，"但是，给它起一个名字，让它不断记起我们使它摆脱的那些不幸，这是好心吗？这就等于要它为我们的殷勤招待付出代价。让我们厚道一些，给它起一个希望它能配得上的、漂漂亮亮的名字吧。您瞧瞧它在怎样看我们：它看出我们在关心它。自从它不再不幸以后，已经不那么傻乎乎了。不幸使人变蠢，我知道得很清楚。"

"好吧，让娜，如果您愿意，我们就叫您的被保护者汉尼拔①。这个名字取得恰当，是您一下子不能明白的。但是比它先来到书城里的安哥拉猫，因为它明智、审慎，我惯常向它讲知心话，它叫作哈米尔卡。这个名字产生另一个名字，汉尼拔，接替哈米尔卡，这是自然而然的事。"

我们在这一点上取得一致意见。

"汉尼拔！"让娜叫起来，"上这儿来。"

汉尼拔被它自己的名字的异乎寻常的响亮吓坏了，蜷缩着身子躲

---

① 汉尼拔（前247—前183）：迦太基统帅，其父哈米尔卡也是迦太基统帅。公元前218年春，率约十万军队远征意大利，是为第二次布匿战争之始。扎马战役（前202年）失败后，逃往叙利亚，后自杀于小亚细亚的俾提尼亚。

到书橱底下，一块小得连老鼠都容不下身的空隙里。

瞧，多么配得上一个伟大的名字！

这一天我工作的兴致很高，我已经把我的羽笔的笔尖浸在墨水瓶里，忽然听见门铃声。一个毫无想象力的老人瞎涂的这几页，万一被哪个闲着没事干的人看见，他一定会嘲笑这门铃声，它在我的叙述过程中随时响起来，却又从来没有引进过一个新的人物，或者安排过一个出人意外的情节。戏剧却正好相反。斯克里布①先生仅仅是有意识地，而且是为了让太太小姐们得到最大的快乐，才打开他的门。这就是艺术！要我写一出滑稽歌舞剧，我宁可上吊，这倒不是出于对生活的蔑视，而是因为我不能虚构出任何有趣的东西。虚构！为了这个必须得到过神秘的灵感。这种天赋对我说来会是有害的。您设想一下，我在我的圣热尔曼-德-普莱修道院的历史中虚构出一个小修士。那些年轻的博学者会怎么说呢？在文献学院里会引起怎样的公愤！至于法兰西研究院，什么也不会说，甚至连想也不会想。我的那些同事，即使他们还写一点，却完全不再看东西了。他们同意帕尔尼②的意见，他说过：

> 平静的漠不关心
>
> 是最贤明的美德。

尽可能少为的是尽可能好；这正是那些佛教徒不知不觉之间要达到的目的。这是最智慧的智慧吗？我才不信呢。所有这一切都是因为

---

① 斯克里布（1792—1861）：法国剧作家。一生共写了三百五十多部剧本，从不同侧面反映了当时的社会问题，人物形象生动逼真，情节错综复杂，戏剧效果强烈。

② 帕尔尼（1753—1814）：法国诗人。下面两行诗是他的一首名为《我的退隐》的哀歌的最后两行诗。

热利先生拉响的门铃声。

　　这个年轻人的态度完全改变了。现在庄重代替了轻率，沉默代替了饶舌。让娜学他的样。我们面临着强压住的爱情的阶段。因为我尽管已经上了年纪，还是不会搞错：这两个孩子正以强大的力量，忠贞不渝地互相爱着。让娜现在避开他；当他走进藏书室时，她躲进自己的房间。但是等到剩下她一个人时，她又完全能够找到他！她每天晚上独自通过音乐跟他交谈，她在钢琴上弹出急速的、颤动的曲调，这是她新的心灵的新的表示。

　　啊！为什么不说出来呢？为什么不承认我的弱点呢？我的利己主义，如果我向自己隐瞒它，它就会因此变得不那么应该受到责备吗？因此我要说出来：是的，我原来指望的完全不是这样，是的，我打算为我一个人留住她，如同是我的孩子，如同是我的小女儿，不是永远，甚至也不是长期，而是再留几年。我已经上了年纪。她不能等待吗？而且谁知道呢？在痛风病和关节炎的帮助下，我也许不会过分折磨她的耐心。这曾经是我的心愿，是我的希望。我计算时没有考虑她，也没有考虑这个年轻的冒失鬼。但是，如果计算不正确，失算并不因此就不残酷。况且，我觉得，我的朋友西尔维斯特·波纳尔，你对你自己的指责非常轻。如果你希望把这个年轻姑娘再留几年，这是为了你的利益，同样也是为了她的利益。她有许多东西要学，而你也是一个不容蔑视的老师。后来干出一件如此及时的诈骗勾当的公证人穆什，那一次赏脸拜访你，你曾经怀着入迷的人才有的那股热情，向他阐述你的教育方法。你的整个热忱都用在实现这个方法上。让娜是一个忘恩负义的人，热利是一个勾引妇女的人。

　　可是，既然我不把他赶出门外——那会是一种可憎的举止和一种可憎的感情的表现——那就应该接待他；他在我的小客厅里面对路易·菲利普①国王亲切地赠给我的塞夫勒花瓶，已经等了相当长的时间了。莱奥波德·罗贝尔②的《收割者》和《渔夫》画在这些瓷花瓶上，热利和让娜一致认为它们很难看。

"我亲爱的孩子，请原谅我没有立即接待您。我正赶着完成一件工作。"

我说的是真话：思考是工作，但是热利没有这么领会；他认为一定是与考古学有关，祝愿我早日完成我的圣热尔曼-德-普莱修道院的院长的历史。仅仅在向我作出这个关心的表示以后，他才问我亚历山大小姐好不好。我回答说："非常好，"用的是一种冷淡的口吻，它显示出我做监护人的道义上的权威。

在沉默了片刻以后，我们谈到文献学院，新的出版物和历史科学的发展。我们进入泛泛之谈。泛泛之谈是一个很有用的手段。我试着灌输给热利一点儿对我所属的一代历史学家的尊敬。我对他说：

"历史过去是一门艺术，容许想象力的任意发挥，它在我们这个时代变成了一门科学，应该用严格的方法去进行研究。"

热利请求我允许他不同意我的意见。他告诉我，他不相信历史是一门科学，也不相信它会变成一门科学。

"首先，"他对我说，"历史是什么？过去事件的书面描述而已。但是一个事件是什么呢？是随便一个事实吗？您会对我说，不，是一个值得注意的事实。然而，历史学家怎样来判断一个事实是值得注意的还是不值得注意的呢？他按照自己的兴趣，自己一时的爱好，自己

---

① 路易·菲利普（1773—1850）：法国国王。1830年法国爆发了七月革命，推翻了波旁王朝，资产阶级窃得政权，建立了以路易·菲利普为首的七月王朝，也叫奥尔良王朝。1848年二月革命时被推翻。
② 莱奥波德·罗贝尔（1794—1835）：瑞士画家，1810年到巴黎。

的见解，总之像艺术家那样任意地判断！因为事实按照它们固有的性质，不可能分成历史事实和非历史事实。况且一个事实是极其复杂的东西。历史学家能描述出处在复杂性中的事实吗？不，这不可能。他描述出的它们将缺少构成它们的特点中的大部分，因此它们是支离破碎的，残缺不全的，和原来的它们不相同。至于事实与事实的关系，就更不必谈了。一个所谓历史的事实，如果是由一个或者几个非历史的，因此也是未知的事实造成的——这也是很可能的，请问，历史学家有什么办法显示出这些事实之间的关系呢？在我刚说的这一切里，波纳尔先生，我假定历史学家在自己眼皮底下有一些确凿的证据，事实上出于一些感情上的原因，他也仅仅相信这一个或那一个证据。历史不是一门科学，它是一门艺术，只有通过想象力才能获得成功。"

热利先生在这一时刻使我想起有一天我在卢森堡公园，玛格丽特·德·纳瓦拉雕像下听见他高谈阔论，胡说一气的一个疯狂年轻人。在谈话的一个转折点上，瞧，我们迎面遇上了瓦尔特·司各特<sup>①</sup>，我的这个目空一切的年轻人觉得瓦尔特·司各特有一种洛可可式<sup>②</sup>的、行吟诗体的、"座钟上部装饰"的味道。这是他的原话。

"可是，"我激动起来，为露西的和佩思的漂亮姑娘的光荣的父亲<sup>③</sup>辩护说，"整个过去都活在他那些奇妙的小说里；这是历史，这是史诗！"

"这是旧衣服铺子。"热利回答我。

---

① 瓦尔特·司各特（1771—1832）：英国诗人，历史小说家。他的历史小说涉及从十字军东征起，经过十七世纪英国资产阶级革命到十八世纪君主立宪时期为止的历史事件。
② 洛可可式：十八世纪欧洲盛行的华丽、繁琐的建筑装饰和艺术风格，引伸有陈旧过时之意。
③ 露西是司各特的历史小说《拉梅尔莫尔的未婚妻》中的女主人公；佩思的漂亮姑娘指另一部历史小说《佩思的美女》中的女主人公。她们的父亲即指作者司各特。

您能够相信吗？这个发疯的孩子向我断言，既然十年或者十五年前的人的大致情况，都很难想象，一个人不管多么有学问，也不能准确地想象出五个世纪或者十个世纪以前的人是怎么生活的。对他来说，历史诗、历史小说、历史绘画是虚伪得可怕的体裁！

"在所有的艺术里，"他补充说，"艺术家仅仅描绘自己的心灵；他的作品，不管穿的是什么服装，精神都是同时代人的。我们对《神曲》[①]所赞赏的，如果不是但丁的伟大心灵，又是什么呢？米开朗琪罗的那些大理石雕像，向我们揭示的非凡的东西，如果不是米开朗琪罗自身，又是什么呢？艺术家，不是把自己的生命赋予他的作品，就是削制木偶，打扮布娃娃。"

怎样的奇谈怪论和傲慢无礼啊！但是一个年轻人的大胆并不惹我讨厌。热利站起来。又重新坐下；我知道他在想什么，他在等谁。瞧，他跟我谈到了他有一千五百法郎的收入，另外还应该加继承来的两千法郎的年金。我没有上他这些知心话的当。我清楚地知道，他向我算这笔小小的账，是为了让我知道他是一个受到良好教育、作风正派、有正当职业、有年金收入的人，总之，是一个完全可以结婚的人。正像几何学家说的：证毕。

他起来又坐下，足足有二十次之多。他第二十一次起来，因为没有看见让娜，终于伤心地走了。

他刚离开，让娜就借口照看汉尼拔，走进了书城。她很伤心，用悲伤的嗓音叫她的被保护者，给它牛奶喝。看看这张悲伤的脸，波纳尔！暴君，瞧瞧你干的好事。你使他们分开，但是他们有着同样的脸色；从他们脸上相同的表情，你看到他们不顾你的反对，思想上紧密

---

① 《神曲》：意大利诗人但丁（1265—1321）的长诗。全诗分三部分，《地狱》《炼狱》《天堂》，共一万四千余行。

地连在一起。卡桑德尔①，愉快起来吧！巴托罗②，高兴起来吧！当监护人竟是这样！看看她吧，双膝跪在地毯上，把汉尼拔的头抱在她的双手里。

是的！抚摸这个愚蠢的动物吧！怜悯它吧！朝它诉苦吧！忘恩负义的姑娘，我们知道您的叹息投向何方，是什么引起您的呻吟。

这构成了一幅图画，我注视很久；后来，我朝我的书橱望了一眼，说：

"让娜，所有这些书使我感到厌倦，我们去把它们卖掉。"

9 月 20 日

一切都完了：他们已经订婚。热利和让娜一样，也是孤儿，由他的一位教授来向我求亲。这位教授是我的同行，学问和品德都受到高度敬重。但是，怎样的一个爱情使者啊，公正的老天！一头熊，不是比利牛斯山③上的熊，而是书斋里的熊，这第二种熊远比第一种凶猛得多。

"不管对不对（照我看，不对），热利反正不看重陪嫁财产；他娶您的被监护人，哪怕她只有一件衬衫。开口说一声同意，事情就成功了。赶快，我想让您看看两三个相当珍奇的洛林筹子，我拿得准，您一定没见过。"

---

① 卡桑德尔：古代意大利喜剧中的定型人物，性情乖张、疑心重重的老头儿，常常受到年轻恋人们的欺骗。后成为十八世纪法国上演的通俗戏剧中经常出现的人物。
② 巴托罗：法国十八世纪喜剧作家博马舍的喜剧《塞维勒的理发师》中女主角的、醋心很重的老监护人。
③ 比利牛斯山：法国与西班牙两国交界处的山脉。

一字不差，这是他对我说的原话。我回答他说我得征求让娜的意见，而且我不是怀着一点点快乐向他宣布我的被监护人有一笔陪嫁财产。

陪嫁财产，在这儿！就是我的藏书。亨利[1]和让娜根本没有想到。事实上一般人认为我比我实际上富有。我外表上像个老吝啬鬼。当然这是个骗人的外表，然而它给我赢得很大的敬重。在这个世界上再没有比吝啬的有钱人更受人尊敬的了。

我征求了让娜的意见，可是我还需要听她的回答吗？一切都完了！他们已经订婚。

观察这两个年轻人，然后记下他们的说话和举动，这既不符合我的性格，也不符合我的长相。Noli me tangere[2]，这是美好的爱情的要求。我知道我的责任：尊重我关心的这个纯洁的心灵的秘密。这两个

---

① 亨利：是热利的名字。
② 拉丁文："别碰我"。

孩子，让他们相爱吧！他们长时间的倾诉衷肠，他们天真的轻率行为，丝毫不会被老监护人记在这本簿子里，这个老监护人的权力曾经是宽容的，而且持续的时间是那么短！

况且，我也不是无所事事，他们有他们的事，我也有我的事。我亲自为我的藏书编目录，准备把它们送去拍卖。这是一个既使我感到难过又感到有趣的工作。我拖延时间，也许拖延得过分长了一点，我既没有必要也没有用处地翻阅这一本本对我的思想、我的手和我的眼睛说来是那么熟悉的书。这是一个告别，而拖延告别的时间历来是合乎人之常情的。

这一本厚厚的书二十年来帮了我那么大的忙，难道我能够丝毫没有那种对一个好仆人应有的尊重，就这么离开它吗？还有这一本，它曾经用它的正确的理论鼓励我，难道我不应该像对老师那样向它最后一次致敬吗？但是每一次我遇见一本曾经引诱我犯错误，曾经以错误日期、遗漏、谎言和考古学者像害怕瘟疫一样害怕的其他东西，使我感到苦恼的书，我就带着一种苦涩的快乐对它说："滚吧！滚吧！骗子，奸诈之徒，假见证，远远地躲开我，Vade retro①；靠了你窃取的声誉，靠了你摩洛哥皮的美丽外衣，而徒然地价值昂贵的你呀，愿你进入哪个有收藏珍本癖的经纪人的橱窗，你将不能像过去迷惑我那样迷惑他，因为他决不会看你。"

我要把作为纪念品赠送给我的书籍放开，永远保存。当我把《黄金的圣徒传》的手写本放在它们中间时，我想吻吻它来纪念特雷波夫亲王夫人，她尽管地位提高了，有了钱，仍然不忘旧恩，为了显示是我的受恩人，她变成了我的恩人。因此我有了需要保留下来的书。就

---

① 拉丁文："滚开，退去"。见于《圣经·新约·马太福音》第五章第十节："耶稣说，撒旦退去罢。"

是在这时候我尝到了犯罪的滋味。诱惑是在夜间产生的，到了天亮，变得难以抵制了。于是当房子里的人全都还在梦乡中，我从床上起来，悄悄走出卧房。

黑暗中的天使，黑夜中的幽灵，如果你们在鸡啼后还耽搁在我家里，你们就会看见我踮着脚溜进书城，你们决不会像特雷波夫亲王夫人在那不勒斯那样叫喊："这个老头儿有一个善良的驼背！"我走进去；汉尼拔尾巴竖得笔直，一边蹭着我的腿，一边发出呼噜呼噜的叫声。我从书橱的搁板上抓起一本书，一本可敬的哥特语的文献或者是一本文艺复兴时期的高贵诗人的集子，我整夜梦见的珍宝的财富，我带走它，把它塞进放那些保留书籍的柜子里，这口柜子满得快要爆开了。说起来真可怕：我这是在偷窃让娜的陪嫁财产。等到这个罪行干完以后，我坐下来继续精力充沛地编写目录，直到让娜来就她的打扮或者嫁妆的某一个细节征求我的意见。我永远听不懂是怎么回事，因为我不熟悉时装业和内衣业的现代词汇。啊！如果一个十四世纪的未婚妻意外地来和我谈女人的服饰，好得很！我能懂得她的语言。但是让娜不属于我的时代，我把她移交给德·加布里夫人。遇到这种时候，德·加布里夫人就充当她的母亲。

黑夜来临，黑夜已经来临！我们凭倚在窗前，望着布满点点灯光的、黑魆魆的广阔空间。让娜趴在窗子的扶手栏杆上，手托着额头，好像很悲伤。我注视着她，在心里对自己说："任何一种改变，哪怕是最渴望的改变，也有它们的惆怅，因为我们离开的，是我们自己的一部分；为了进入另一种生活，必须弃绝这一种生活。"

好像为了回答我的思想，年轻姑娘对我说：

"我的监护人，我非常幸福，然而我想哭。"

# 最后一页

1882年8月21日

第九十七页……再写二十来行，我的关于昆虫和花朵的书就可以完成了。第九十七页，也是最后一页……"正如我们刚看到的，昆虫的拜访对植物非常重要；它事实上是负责把雄蕊的花粉输送给雌蕊。花朵仿佛已经准备好，打扮好，等待这次婚礼的拜访。我相信我曾经证明花朵的蜜腺分泌一种甜的液体来引诱昆虫，迫使它无意识地进行直接授粉或者异体授粉。这后一种方式是最经常的。我曾经指出，花朵产生颜色和香气来引诱昆虫，它的内部构造给这些拜访者一条通道，当它们钻到花冠里，可以把身上携带的花粉授到柱头上。我的受人敬爱的老师斯普朗格尔谈到树林里的老鹳草花冠上覆满的绒毛时，说：'大自然的英明的创造者，从来不愿意创造一根没有用途的毛。'我也要说：如果福音书里说到的野地里的百合花比所罗门王①还要穿戴得华丽，它的绯红色的披风是一件婚礼披风，这种华丽的打扮对它的永恒存在是一个不可或缺的条件。"②

布罗尔③，1882年8月21日

布罗尔！我的房子是从村子的那条街上，朝森林那个方向走去可以

---

① 所罗门王：《圣经》故事中的以色列王。《圣经·马太福音》第六章中提到野地里的百合花时说："就是所罗门极荣华的时候，他所穿戴的，还不如这花一朵呢。"
② 事实上，九十七页的这段文字，从头一句中的"昆虫的拜访"至"输送给雌蕊"，完全抄自约翰·卢博克爵士的著作的法文译本。其余的一些句子也是这一著作的节录式的改写。只有关于野百合花的一段是该著作中没有的。
③ 布罗尔：离巴黎西边不远，枫丹白露镇附近的小村庄。法朗士曾在那儿度过几个夏季。

找到的最后一所房子，这是一所有山墙的房子，石板瓦的房顶像鸽子的脖子一样在阳光下呈现虹彩。竖立在这房顶上的风标给我赢得的敬意，要超过我的全部历史学和文献学著作。没有一个孩子不知道波纳尔先生的风标。它生了锈，在风中发出刺耳的吱嘎吱嘎响声。有时候它像一边让一个年轻乡下女人帮忙，一边抱怨的泰雷丝，完全拒绝工作。房子不大，但是我生活得很舒适。我的房间有两扇窗子，清晨初升的太阳可以照进来。楼上是孩子们的房间。让娜和亨利一年来住两次。

小西尔维斯特在这儿有他的小床。这是一个漂亮的孩子，但是脸色非常苍白。他在草地上玩耍时，他的母亲用忧虑的目光跟随着他，时时刻刻都停下手中的针来把他抱到膝头上。这个可怜的小家伙不肯睡觉。他说他睡着了，会到很远很远的地方去，看见一些让他害怕的东西，他不愿意再看到。

于是他母亲叫我，我坐在他的小床旁边：他把我的一根手指抓在

他的热烘烘、干燥的小手里，对我说：

"教父，你应该给我讲个故事。"

我讲各种故事，他严肃认真地听着。所有的故事他都感兴趣，但是其中有一个他的幼小心灵特别着迷：这就是《青鸟》①。我讲完以后，他对我说：

"再讲一遍！再讲一遍！"

我重新讲一遍，他那面色苍白、脉络外露的小脑袋落在枕头上。

医生回答我们的所有问题：

"他没有什么不正常的！"

是的！小西尔维斯特没有什么不正常的。去年一个晚上，他的父亲叫我：

"快来，"他对我说，"孩子情况更不好了。"

我走近小床，母亲一动不动地立在床边，完全被她心灵的力量固定住了。

小西尔维斯特把他那在眼皮里面往上翻，再也不愿意降下来的眼珠缓慢地朝我转过来。

"教父，"他对我说，"再也不需要给我讲故事了。"

是的，再也不需要给他讲故事了！

可怜的让娜，可怜的母亲！

我已经太老，不可能像以前那样容易动感情，但是，一个孩子的死，确实是一桩痛苦的谜。

今天，孩子的父亲和母亲回到老人的家里来过六个星期。瞧，他们挽着胳膊从森林里回来了。让娜身上紧紧裹着她那件黑斗篷，亨利

_____

① 《青鸟》：法国德·奥努瓦伯爵夫人（约 1650—1705）写的最受人喜爱的童话中的一篇。

的草帽上缀着一条黑纱；但是他们俩都焕发出青春的光彩，他们互相之间情意绵绵地微笑着，他们朝载负着他们的大地微笑，朝他们所沐浴的空气微笑，朝他们各自都能从对方眼睛里看到的阳光微笑。我从窗口用我的手绢向他们示意，他们朝我的衰老微笑。

让娜轻快地爬上楼梯，拥抱我，对着我的耳朵低声说了几句我听不清楚，但是能猜出是什么意思的话。我回答她：

"愿天主降福于您，让娜，您还有您的丈夫，直至你们最遥远的子子孙孙。Et nunc dimittis servum tuum, Domine。①"

---

① 拉丁文："现在，主啊，请把您的仆人召回到您的身边吧。"